MW01614290

Le petit mercure

Collection animée par Colline Faure-Poirée
Suivi éditorial par Jean-Michel Décimo

Le goût de Paris
Textes réunis et présentés par
Jean-Pierre Arthur Bernard

I. Le mythe

II. L'espace

III. Le temps

Le goût de Paris

I
Le mythe

Textes réunis et présentés
par Jean-Pierre Arthur Bernard

Mercure de France

Jean-Pierre Arthur Bernard est l'auteur de *Paris Rouge 1944-1964. Les communistes français dans la capitale* (Seyssel, Champ Vallon, 1991) et de *Les deux Paris. Les représentations de Paris dans la seconde moitié du XIXᵉ siècle* (Seyssel, Champ Vallon, 2001).

Il a également publié, sous le nom d'Arthur Bernard, sept romans dont *La Chute des graves* (Minuit, 1991), *L'Ami de Beaumont* (Cent pages, 1998) et *L'Oubli de la natation* (Champ Vallon, 2004).

ISBN 2-7152-2416-8

SOMMAIRE

PARIS GUIDE

ARRIVER À PARIS, REVENIR À PARIS,
DIRE ADIEU À PARIS, QUITTER PARIS

Le goût de Paris : Le mythe

INTRODUCTION

Le mythe

Peut-on parler de mythe à propos de Paris ? Cette ville, en tout cas, comme d'autres et peut-être plus, est une source infinie de représentations, une forêt de signes, un intense réseau de correspondances. Les correspondances sont dans Paris bien avant que le métropolitain y fasse son apparition, au début du XXᵉ siècle. Correspondances entre le Paris réel et le Paris représenté, Paris matériel des rues, des monuments et Paris comme Idée, comme principe spirituel, Paris mourant tous les jours et renaissant de même. Paris est un, avant même d'être unique, il a pourtant besoin d'être divisé en deux, une part de lui-même opposée à l'autre, pour fonctionner pleinement comme mythe. Paris de l'ombre et Paris de la lumière, Paris du jour et Paris de la nuit, Paris de l'opulence et Paris de la misère, Paris capitale du Capital et Paris capitale de la Révolution, Paris du dessus et Paris du dessous, Paris masculin et Paris féminin, Paris des vivants et Paris des morts...

Le propre de cette ville est d'être vue. Il faut donc la montrer autant que s'y montrer. Ville-panorama et ville-tréteaux. Comment mieux l'embrasser, la saisir de l'œil d'abord avant d'en préparer la conquête, matérielle ou symbolique, qu'en la contemplant depuis une colline, une tour, un clocher, une élévation pour résumer ?

Montrer Paris d'en haut est un des points de vue constitutifs du mythe : la ville s'y déploie dans toute son étendue, sa complexité, le regard navigue entre la partie et le tout, va-et-vient jamais épuisé.

C'est la littérature, l'écrit au sens plus large qui, depuis le XIXᵉ siècle, érigent la ville comme objet mythique. Au XXᵉ, le cinéma ajoutera quelque chose. Grands écrivains, plus modestes, oubliés ou anonymes, il y a un ressac inlassable de l'écriture, des écritures de Paris, or et boue, séparés et mêlés. Écrire sur Paris, c'est puiser un verre d'eau pour donner une image de l'océan, a-t-on pu dire, la métaphore liquide revient en effet comme pour faire toucher l'étendue et aussi le mouvement, le flux permanent de la ville.

Autre métaphore : Paris s'écrit et Paris se lit. Paris est un livre, l'image est insistante, livre unique ou bibliothèque infinie de pierres, de fumées, d'êtres morts ou vivants dont on n'épuise jamais les pages, les signes, les signatures : « ... Paris est la grande salle de lecture d'une bibliothèque que traverse la Seine », résume Walter Benjamin dans *Sens Unique*. On écrit sur Paris mais aussi on écrit Paris : la ville sécrète l'écriture sur elle et elle est faite par elle. On écrit sous la dictée de Paris, la formule revient. On écrit encore, et cela depuis le XVIᵉ siècle, sur Paris pour le rendre accessible et le faire découvrir, fil d'Ariane tendu au voyageur, au visiteur, plus tard on dira au touriste.

On arrive en effet à Paris, pour un jour ou pour toujours, on y revient, on lui dit adieu, on le quitte, parfois contraint et forcé. Arriver à Paris n'est pas rien. Ce peut être le début d'un parcours initiatique, roman d'apprentissage qui peut bien comme mal tourner. L'entrée dans

Paris éblouit (parfois au sens propre avec toutes ses lumières), terrifie, fascine autant qu'elle peut décevoir. Revenir à Paris n'est pas la même chose que d'y arriver pour la première fois. On retrouve un décor et des impressions familières, on peut avoir le sentiment de rentrer chez soi ou bien au contraire de pénétrer dans une ville étrangère. Qui a changé : la ville ou soi-même ? Dire adieu à Paris, c'est devoir en abandonner les charmes et les séductions avec déchirement, tristesse ou lui tourner le dos. Quitter Paris contraint, en être expulsé en somme, est la manifestation éclatante, dans une ville où tout est signe, de l'échec d'une ambition, la perte d'une illusion. Les illusions perdues.

Cette ville mythique a besoin, comme d'autres grandes cités du passé dont Rome est l'archétype (Paris est souvent lu en miroir de la Rome antique), d'un récit fondateur, d'une fable des origines, d'un discours sur son nom, ses noms mêmes, leurs étymologies et l'antériorité : Paris ou Lutèce ? Ces fables existent depuis le Moyen Âge et durent longtemps, même lorsqu'on n'y croit plus, y a-t-on d'ailleurs jamais cru ? Paris rattaché à l'antique Troie par Pâris, ravisseur de la belle Hélène ou à l'Égypte par le culte d'Isis, déesse de la navigation chez elle, sur les bords de la Seine : Par-Isis. L'envers et le complément du récit de fondation se trouvent dans la méditation sur la destruction, la ruine de Paris. Une grande cité est vouée à être finalement détruite, l'histoire et sa philosophie en donnent d'implacables récits. Le statut de ville majeure dans l'histoire humaine condamne donc Paris à disparaître. Les réflexions sur la ruine de Paris, sa fatalité comme les prophéties qu'on peut en délivrer circulent donc, au moins depuis le XVIIIe siècle. Au XIXe, avec la Commune de 1871 et l'incendie de certains bâtiments prestigieux et symboliques tels que les Tuileries ou l'Hôtel de Ville, se confondent les considérations sur la ruine de Paris, figure du mythe, et l'inventaire des ruines de Paris, dûment décrites, photographiées et visitées dont se sont rendus coupables les nouveaux Barbares. Paris fondé, Paris ruiné comme tant d'autres grandes cités du passé, légendaires ou historiques, un tel dispositif assure la ville de son éternité.

Jean-Pierre Arthur BERNARD

Le mythe

CHARLES BAUDELAIRE

LES SEPT VIEILLARDS

À Victor Hugo.

Fourmillante Cité, cité pleine de rêves,
Où le spectre en plein jour raccroche le passant !
Les mystères partout coulent comme des séves
Dans les canaux étroits du colosse puissant.

Un matin, cependant que dans la triste rue
Les maisons, dont la brume allongeait la hauteur,
Simulaient les deux quais d'une rivière accrue,
Et que, décor semblable à l'âme de l'acteur,

Un brouillard sale et jaune inondait tout l'espace,
Je suivais, roidissant mes nerfs comme un héros
Et discutant avec mon âme déjà lasse,
Le faubourg secoué par les lourds tombereaux.
[...]

LES PETITES VIEILLES

À Victor Hugo.

Dans les plis sinueux des vieilles capitales,
Où tout, même l'horreur, tourne aux enchantements,
Je guette, obéissant à mes humeurs fatales,
Des êtres singuliers, décrépits et charmants.

Ces monstres disloqués furent jadis des femmes,

Éponine ou Laïs! Monstres brisés, bossus
Ou tordus, aimons-les! ce sont encor des âmes.
Sous des jupons troués et sous de froids tissus

Ils rampent, flagellés par les bises iniques,
Frémissant au fracas roulant des omnibus,
Et serrant sur leur flanc, ainsi que des reliques,
Un petit sac brodé de fleurs ou de rébus; [...]

Les fleurs du Mal, 1857

LES FOULES

Il n'est pas donné à chacun de prendre un bain de multitude : jouir de la foule est un art; et celui-là seul peut faire, aux dépens du genre humain, une ribote de vitalité, à qui une fée a insufflé dans son berceau le goût du travestissement et du masque, la haine du domicile et la passion du voyage.

Multitude, solitude : termes égaux et convertibles par le poëte actif et fécond. Qui ne sait pas peupler sa solitude, ne sait pas non plus être seul dans une foule affairée.

Le poëte jouit de cet incomparable privilége, qu'il peut à sa guise être lui-même et autrui. Comme ces âmes errantes qui cherchent un corps, il entre, quand il veut, dans le personnage de chacun. Pour lui seul, tout est vacant; et si de certaines places paraissent lui être fermées, c'est qu'à ses yeux elles ne valent pas la peine d'être visitées.

Le Spleen de Paris, 1869

WALTER BENJAMIN

Walter Benjamin (1892-1940), lecteur et passeur de Baude-
laire, le premier, au XIXᵉ siècle, qui a aussi bien senti l'accord,
les correspondances entre la ville et l'individu désolé (privé
de sol), le flâneur.

Le génie de Baudelaire, qui trouve sa nourriture dans
la mélancolie, est un génie allégorique. Pour la première
fois chez Baudelaire, Paris devient objet de poësie
lyrique. Cette poësie locale est à l'encontre de toute poësie de terroir. Le regard que le génie allégorique plonge
dans la ville trahit bien plutôt le sentiment d'une profonde aliénation. C'est là le regard d'un flâneur, dont le
genre de vie dissimule derrière un mirage bienfaisant la
détresse des habitants futurs de nos métropoles. Le flâneur cherche un refuge dans la foule. La foule est le
voile à travers lequel la ville familière se meut pour le
flâneur en fantasmagorie. Cette fantasmagorie, où elle
apparaît tantôt comme un paysage, tantôt comme une
chambre, semble avoir inspiré par la suite le décor des
grands magasins, qui mettent ainsi la flânerie même au
service de leur chiffre d'affaires. Quoi qu'il en soit les
grands magasins sont les derniers parages de la flânerie.

Paris capitale du XIXᵉ siècle,
« exposé » écrit en français par l'auteur, 1939
© Suhrkamp Verlag, 1972-1989

VICTOR HUGO

Paris mythologisé par Hugo en tant que résumé, condensa-tion des principales capitales de l'esprit humain : Jérusalem, Athènes, Rome.

Jérusalem, Athènes, Rome. Les trois villes rythmiques.

L'idéal se compose de trois rayons : le Vrai, le Beau, le Grand. De chacune de ces trois villes sort un de ces trois rayons. À elles trois, elles font toute la lumière.

Jérusalem dégage le Vrai. C'est là qu'a été dite par le martyr la suprême parole : *Liberté, Égalité, Fraternité.* Athènes dégage le Beau. Rome dégage le Grand.

Autour de ces trois villes, l'ascension humaine a accompli son évolution. Elles ont fait leur œuvre. Aujourd'hui de Jérusalem il reste un gibet, le Calvaire ; d'Athènes, une ruine, le Parthénon ; de Rome, un fantôme, l'empire romain.

Ces villes sont-elles mortes ? Non. L'œuf brisé ne représente pas la mort de l'œuf, mais la vie de l'oiseau. Hors de ces enveloppes gisantes, Rome, Athènes, Jérusalem, plane l'idée envolée. Hors de Rome la Puissance, hors d'Athènes l'Art, hors de Jérusalem la Liberté. Le Grand, le Beau, le Vrai.

En outre elles vivent en Paris. Paris est la somme de ces trois cités. Il les amalgame dans son unité. Par un côté, il ressuscite Rome, par l'autre, Athènes, par l'autre Jérusalem. Du cri du Golgotha il a tiré les Droits de l'homme.

Ce logarithme de trois civilisations rédigées en une

formule unique, cette pénétration d'Athènes dans Rome et de Jérusalem dans Athènes, cette tératologie sublime du progrès faisant effort vers l'idéal, donne ce monstre et produit ce chef-d'œuvre : Paris.

Dans cette cité-là aussi il y a eu un crucifix. Là, et pendant dix-huit cents ans aussi, – nous avons compté les gouttes de sang tout à l'heure, – en présence du grand crucifié, Dieu, qui pour nous est l'Homme, a saigné l'autre grand crucifié, le Peuple.

Paris, lieu de la révélation révolutionnaire, est la Jérusalem humaine.

Introduction aux deux volumes de
Paris Guide par les principaux écrivains et artistes de la France, 1867,
publié à l'occasion de l'Exposition universelle

MAXIME DU CAMP

Maxime Du Camp (1822-1894). Paris est un grand corps qui se nourrit, digère, évacue ses déchets, corps qui vit et qui meurt, corps sain et corps malade... Décrire ses organes, leurs fonctions est une tâche gigantesque. Mais de cet inventaire matériel naît aussi le mythe.

Dans ma vie de voyageur, j'ai vu bien des capitales, celles qui naissent, celles qui grandissent, celles qui sont en pleine efflorescence, celles qui meurent, celles qui sont mortes, mais je n'ai vu aucune ville produire une impression aussi énorme que Paris et donner aussi nettement l'idée d'un peuple infatigable, nerveux, vivant avec une égale activité sous la lumière du soleil, sous la clarté du gaz, haletant pour ses plaisirs, pour ses affaires, et doué du mouvement perpétuel. Par une journée de printemps, lorsqu'on s'arme sur le terre-plein du pont Neuf et qu'on regarde autour de soi, on reste ébloui par la grandeur vraiment extraordinaire du spectacle qui frappe les regards. Le fleuve, semblable à un immense Y, enjambé par des ponts nombreux, sillonné de barques rapides, portant les lavoirs, les bains, les dragues en action, remonté par des bateaux à vapeur qui soulèvent la chaîne du touage, descend lentement et pousse ses eaux vertes contre les grands quais où fourmille la foule active. Tous les monuments essentiels de Paris paraissent avoir été groupés là intentionnellement comme pour affirmer, au premier coup d'œil, la splendeur de la vieille cité que traverse la Seine. Il suffit de se tourner aux différents points de l'horizon pour les voir et reconnaître en eux les témoins de notre histoire communale, qui si souvent a été l'histoire de la France même. […]

De cette idée est né ce livre.

Je n'ai point la prétention de faire une monographie de Paris, encore moins d'écrire son histoire. D'autres l'ont fait d'une façon magistrale, et je ne pourrais que répéter moins bien qu'eux ce qu'ils ont déjà dit. Paris étant un grand corps, j'ai essayé d'en faire l'anatomie. Toute mon ambition est d'apprendre au Parisien comment il vit et en vertu de quelles lois physiques fonctionnent les organes administratifs dont il se sert à toute minute, sans avoir jamais pensé à étudier les différents rouages d'un si vaste, d'un si ingénieux mécanisme.

Paris, ses organes, ses fonctions et sa vie
dans la seconde moitié du XIXᵉ siècle, tome I, 1874

ROGER CAILLOIS

Pour Roger Caillois (1913-1978), Paris est le décor contemporain d'une mythologie moderne qui vaut l'ancienne et c'est la littérature qui, depuis le XIXᵉ siècle, lui confère ces attributs et ce pouvoir singuliers.

Cette promotion du décor urbain à la qualité épique, plus exactement cette exaltation subite, dans le sens du fantastique, de la peinture réaliste d'une cité bien définie, la plus intégrée qui fût dans l'existence même des lecteurs, n'a pas échappé à l'attention des historiens de la littérature. On la constate dans la première moitié du XIXᵉ siècle, où soudain le ton s'élève sitôt que Paris est mis en scène. Il semble alors que la grandeur et l'héroïsme ne soient plus obligés, pour réclamer ou obtenir l'attention, de revêtir le costume des Grecs de Racine ou des Espagnols de Hugo ; le recul du temps et de l'espace n'est plus nécessaire au milieu tragique pour qu'il apparaisse tel. La conversion est totale ; le monde des suprêmes grandeurs et des inexpiables déchéances, des violences et des mystères ininterrompus, le monde où, à tout instant, tout est partout possible, parce que l'imagination y a délégué d'avance et y situe aussitôt ses sollicitations les plus extraordinaires, ce monde n'est plus lointain, inaccessible et autonome ; c'est celui où chacun passe sa vie.

Ce phénomène, contemporain des débuts de la grande industrie et de la formation du prolétariat urbain, est lié d'abord, pour commencer par le plus apparent, à la transformation du roman d'aventures en roman policier. Il faut tenir pour acquis que cette métamorphose de la Cité tient à la transposition dans son décor, de la *savane* et de la *forêt* de Fenimore Cooper, où toute branche cassée signifie une inquiétude ou un espoir, où tout tronc dissimule le fusil d'un ennemi ou l'arc d'un invisible et silencieux vengeur. Tous les écrivains, Balzac le premier, ont nettement marqué cet emprunt et ont rendu loyalement à Cooper ce qu'ils lui devaient. […]

La fissure idéale qui séparait le Paris des apparences du Paris des mystères est comblée. Les deux Paris qui, au début, coexistaient sans se confondre sont maintenant réduits à l'unité. Le mythe s'était d'abord contenté des facilités de la nuit et des quartiers périphériques, des ruelles inconnues et des catacombes inexplorées. Mais il a gagné rapidement la pleine lumière et le cœur de la cité. Il occupe les édifices les plus fréquentés, les plus officiels, les plus rassurants. Notre-Dame, le Louvre, la Préfecture sont devenus ses terres d'élection. Rien n'a échappé à l'épidémie, le mythique a partout contaminé le réel. […]

On est ainsi en présence d'une poétisation de la civilisation urbaine, d'une adhésion réellement profonde de la sensibilité à la ville moderne, qui naît d'ailleurs au même moment à son aspect actuel. Il faut maintenant chercher si ce phénomène n'est pas significatif d'une révolution de l'esprit d'un caractère plus général. Car, si cette transfiguration de la ville est bien un mythe, elle doit être, comme les mythes, susceptible d'interprétation et révélatrice de destins.

« Paris, mythe moderne », article publié dans la *NRF* en 1937, repris dans *Le mythe et l'homme*
© Éditions Gallimard, 1938

JULIEN GRACQ

Pour Julien Gracq, le mythe de Paris, Paris capitale de l'art, des idées, de la mode comme de la Révolution a vécu. Il n'a pas survécu à l'effondrement de 1940 et à l'élargissement du monde, qui a aligné les provinces.

Il y a eu un mythe de Paris, un mythe à la vie tenace, mais qui s'est effondré brutalement dans les trente dernières années. Il est né après 1789, et surtout après 1830 (avant 1789 « la Ville » n'était qu'une ombre portée de Versailles et de « La Cour ») sous une forme politique et belliqueuse, celle de Paris-lumière-des-révolutions : à cette époque, c'est le *pavé*, le brûlant pavé de Paris, toujours prêt à se soulever en barricades, qui est le symbole dynamique, explosif, de la ville. La Commune prolongera ce mythe jusque sous la Troisième République ; sa récurrence fera pousser encore, comme une parodie tardive, les barricades de 1968. Le relaie à partir du Second Empire, en coexistant un moment avec lui, le Paris de la *Vie Parisienne*, le Paris des petits théâtres et des petites femmes, bordel du monde et Mecque de la haute couture, avec son doublet populaire à la Goldoni : *Paname*, la ville des titis (le passage du Gavroche de Hugo au titi parisien illustre excellemment le changement de contenu du mythe) des manilleurs de café, des rentiers à guêtres et du petit vin blanc. Ses *Marseillaises* se chantent maintenant au Moulin Rouge : « Paris reine du monde » – « J'ai deux amours » – « Tu reverras Paname » – « Paris sera toujours Paris » (déjà on cherche à se rassurer). Après 1940, c'est fini : Paris, provincialisé lui-même à l'échelle mondiale, et qui a cessé d'éblouir les provinces, n'est plus qu'un problème d'urbanisme et de démographie.

En lisant, en écrivant
© Éditions José Corti, 1982

Voir Paris d'en haut

CLAUDE LE PETIT

Claude Le Petit fut brûlé à vingt-trois ans en place de Grève le 1ᵉʳ septembre 1662 pour crime de « lèse-majesté divine et humaine ». Il décrit Paris vu du haut des tours de Notre-Dame qui lui apparaît plus grand que les plus grandes villes de l'univers.

Montons sur la Tour Nostre-Dame :
Nous allons rire comme il faut,
Nous sommes desjà presque en haut,
Faisons desnicher les choüettes.
Dieu soit loué ! nous y voicy !
Je croy qu'on verroit sans lunettes
Le bout de l'univers, d'icy.

LXI

Ha ! que de nids d'oyseaux farouches !
Que de Hibous et de Choucas !
Les gens ne paroissent là-bas
Pas plus gros que des pieds de mouches :
Je voy des clochers, des maisons,
Des habitacles, des cloisons,
Et des girouettes sans nombre.
Qu'icy l'air est à bon marché,
Et qu'il dort de bestes à l'ombre,
Lors que le Soleil est couché !

LXII

Non, je n'aurois jamais peu croire
Que Paris eust été si grand ;

Plus je le voy, il me surprend,
Par le trou de mon escritoire,
Rome, Londres, Naples, Madrid,
Cologne, Gand, Vailladolid,
Le grand Caire, et Constantinople,
Près de luy moindres que des bourgs,
Danseroient en champ de sinople,
Dans le moindre de ses Fauxbourgs.

La Chronique scandaleuse ou Paris ridicule, 1668
(rééd. Villeurbanne, URDLA, 2002)

LOUIS SÉBASTIEN MERCIER

Depuis les tours de Notre-Dame, Louis Sébastien Mercier imitant Rousseau voit Paris comme une ville de fumée, c'est-à-dire faite d'opacité, de miasmes et de mensonges.

Si le *bourdon*, un instant après, vient à sonner, c'est encore une sensation forte que je reçois. Là tout est grand. Je monte aux tours, je domine la grande ville, je n'aperçois plus cette capitale que comme un amas confus de décombres. Oh, que de ce point de vue élevé ce vaste Paris a une physionomie particulière ! Il exhale la fumée, et il semble me dire, *tout est fumée.*

Tableau de Paris, tome VII, chapitre 554
© Mercure de France, 1994

VICTOR HUGO

Contempler Paris d'en haut, des tours de Notre-Dame, c'est aussi l'entendre, grandiose polyphonie. Voir Paris d'en haut avec Hugo au XIXᵉ, c'est le faire revivre et le voir au XVᵉ siècle.

Et si vous voulez recevoir de la vieille ville une impression que la moderne ne saurait plus vous donner, montez, un matin de grande fête, au soleil levant de Pâques ou de la Pentecôte, montez sur quelque point élevé d'où vous dominiez la capitale entière, et assistez à l'éveil des carillons. Voyez à un signal parti du ciel, car c'est le soleil qui le donne, ces mille églises tressaillir à la fois. Ce sont d'abord des tintements épars, allant d'une église à l'autre, comme lorsque des musiciens s'avertissent qu'on va commencer ; puis tout à coup voyez, car il semble qu'en certains instants l'oreille aussi a sa vue, voyez s'élever au même moment de chaque clocher comme une colonne de bruit, comme une fumée d'harmonie. D'abord, la vibration de chaque cloche monte droite, pure et pour ainsi dire isolée des autres dans le ciel splendide du matin. Puis, peu à peu, en grossissant elles se fondent, elles se mêlent, elles s'effacent l'une dans l'autre, elles s'amalgament dans un magnifique concert. Ce n'est plus qu'une masse de vibrations sonores qui se dégage sans cesse des innombrables clochers, qui flotte, ondule, bondit, tourbillonne sur la ville, et prolonge bien au-delà de l'horizon le cercle assourdissant de ses oscillations. Cependant cette mer d'harmonie n'est point un chaos. Si grosse et si profonde qu'elle soit, elle n'a point perdu sa transparence.

Notre Dame de Paris, livre troisième, 1831

ÉMILE ZOLA

Paris décrit par Zola des hauteurs de Montmartre, à côté du Sacré-Cœur et de son énormité récente, construite en rédemption de la Commune.

Mais la lumière diffuse était si dorée, à cette heure du soir, que la vision s'y noyait et parut s'y perdre, dans une gloire. Et, les yeux éblouis, il tourna la tête, il ne vit plus, à l'autre bord du ciel, que la masse du Sacré-Cœur, crayeuse, écrasante, ainsi regardée de près, bouchant ce coin de l'horizon, de son énormité toute neuve.

Pierre était resté debout, immobile à la même place, agité des sentiments, des réflexions les plus contraires, dans un tel trouble, qu'il lui était impossible de lire clairement en lui. Maintenant, il s'était tourné vers la ville. Paris immense se déroulait à ses pieds, un Paris limpide et léger, sous la clarté rose de cette soirée de printemps précoce. La mer sans fin des toitures se découpait avec une netteté singulière, qui aurait permis de compter les cheminées, les petits traits noirs des fenêtres, par millions. Dans l'air calme, les monuments semblaient des navires à l'ancre, une escadre arrêtée en sa marche, dont la haute mâture luisait à l'adieu du soleil. Et jamais Pierre encore n'avait mieux distingué les grandes divisions de cet océan humain : la ville du travail manuel, là-bas, à l'est et au nord, avec le ronflement et les fumées des usines; la ville de l'étude, de l'intellectuel labeur, si calme, d'une si large sérénité, au sud, de l'autre côté du fleuve; tandis que la passion du négoce était partout, montant des quartiers du centre, où se ruait la bousculade des foules, parmi le continuel fracas des roues ; et que la ville des heureux, des puissants, en lutte pour la possession du pouvoir et de la richesse, déroulait à l'ouest son entassement de palais, dans l'incendie peu à peu sanglant de l'astre à son coucher.

Paris, 1898

HENRI CALET

Henri Calet (1904-1956). Voir Paris d'en haut, de sa lucarne, point de vue plus modeste que les élévations notoires, permet de se l'approprier, le faire sien avec le cœur.

Pourquoi s'en aller au loin ? À Ménilmontant, à Belleville ? Pourquoi s'écarter de chez soi quand on a une ville entière à domicile ?

J'habite au huitième étage parmi les moineaux, les pigeons, les avions de passage et, du printemps à l'été, parmi les hirondelles et les ramoneurs qui se téléphonent de l'un à l'autre par les cheminées : « Hohé ! »

De ma lucarne, c'est un beau spectacle à l'œil nu j'ai vue sur Paris depuis le mont Valérien, à bâbord, jusqu'à l'observatoire de Montsouris, à tribord. Oui, je crois parfois que je navigue lentement à travers les dômes, les flèches, les tours, les coupoles, les toits, les siècles, le gris des brumes, des fumées, du zinc et de l'ardoise. Le gris est la teinte dominante, mais un gris nuancé à l'extrême.

D'autres fois, je crois que c'est mon champ. Voilà longtemps que je laboure, que je sème : rien ne vient. Par-dessus tout, la tour Eiffel, cette grande perche amicale, maigre, rousse, vêtue de dentelle de Paris. Ou une énorme aiguille à tricoter les nuées ? Ou un simple presse-papiers souvenir ? À son sommet, un drapeau tricolore qui atteste la présence de la France dans le ciel, à tout hasard. La nuit, elle a deux gros yeux rouges d'insomnie à force de veiller pour nous. Elle doit avoir un peu plus de mon âge : la cinquantaine. J'ai su, naguère, son poids exact et aussi le nombre de boulons qu'elle a dans la carcasse : j'ai tout oublié. Depuis quelques jours, elle possède un troisième œil, elle voit à 40 kilomètres. [...]

Les styles, les plans, les matériaux, les époques, beaux et vilains quartiers se confondent dans la masse des maisons où nous demeurons de toute éternité, ou presque : ouvriers, employés, financiers, voleurs, prostituées, malades, agonisants, nouveau-nés. De tout un peu.

« Une vision panoramique de Paris », 1947
in *De ma lucarne. Chroniques*
© Éditions Gallimard, 2000

Le narrateur et son meilleur ami, révolutionnaires en papier des années d'après 68, escaladent les tours de Saint-Sulpice, à la fin d'une nuit arrosée. Voir Paris d'en haut ivres morts et faire mine de l'avoir conquis tout en n'étant pas dupes, la littérature permet de passer outre au désespoir de la politique désenchantée et du temps enfui.

À mesure que nous montions, et que l'aube approchait, Paris en dessous de nous se déployait, vague après vague jusqu'à l'horizon. Houle abrupte de zinc sur laquelle scintillaient quelques figures d'or, dôme, génie, chevaux ailés. Clochers, Saint-Germain tout proche, en dessous de quoi on avait mis une raclée aux fachos d'Occident, en 68, lorsqu'ils avaient prétendu faire une manifestation de soutien aux fantoches du Sud-Vietnam. Du prétendu Sud-Vietnam, ricane Treize. L'Auxerrois sur l'autre rive, qui sonna la Saint-Barthélemy, Saint-Eustache au-dessus de ce qui était encore un immense trou, comme si un aérolithe était tombé là, les harpons barbelés de Notre-Dame et de la Sainte-Chapelle, la tour Saint-Jacques, Saint-Étienne-du-Mont où reposent Racine et Pascal qu'on saluait de loin, la tour Clovis sur laquelle Angelo avait hissé le drapeau rouge. Le pylône kaki, là-bas, bergère ô tour Eiffel. Treize et moi on n'en connaissait que le premier étage. On y était montés un jour pour dérouler dans le vide de grandes banderoles célébrant « la victorieuse lutte du peuple vietnamien ». C'était pendant le voyage de Nixon à Paris... C'était avant ou après son fameux voyage à

Pékin ? Avant, sûrement, m'a rappelé Treize, parce que c'est pendant le voyage à Pékin du chef des tigres en papier que Pierre Overney a été tué, à la porte Zola de l'usine Renault de Billancourt : et ça, c'était en février 1972, on s'en souvenait encore. Il faudra qu'un jour on grimpe jusqu'en haut de la tour Eiffel, me dit-il. Maintenant qu'on n'a plus rien à y faire, que regarder, comme tout le monde. Maintenant qu'on est devenus des voyeurs.

Tigre en papier
Coll. « Fiction & compagnie »,
© Editions du Seuil, 2002, coll. « Points », 2003

Écrire Paris

LOUIS SÉBASTIEN MERCIER

Louis Sébastien Mercier (1740-1814) est le premier, quelques
années avant la Révolution, à s'attaquer au tableau de Paris,
peinture et écriture, portrait physique et moral de cette ville
qui décourage d'avance la volonté d'exhaustivité. Paris, cet
« abrégé de l'univers », ainsi que le résume Mercier.

Je vais parler de Paris, non de ses édifices, de ses
temples, de ses monuments, de ses curiosités, etc. assez
d'autres ont écrit là-dessus. Je parlerai des mœurs
publiques et particulières, des idées régnantes, de la
situation actuelle des esprits, de tout ce qui m'a frappé
dans ces amas bizarres de coutumes folles ou raison-
nables, mais toujours changeantes. Je parlerai encore de
sa grandeur illimitée, de ses richesses monstrueuses, de
son luxe scandaleux. Il pompe, il aspire l'argent et les
hommes ; il absorbe et dévore les autres villes, *quaerens*
quem devoret.

J'ai fait des recherches dans toutes les classes de
citoyens, et n'ai pas dédaigné les objets les plus éloignés
de l'orgueilleuse opulence, afin de mieux établir par ces
oppositions la physionomie morale de cette gigantesque
capitale.

Beaucoup de ses habitants sont comme étrangers dans
leur propre ville : ce livre leur apprendra peut-être
quelque chose, ou du moins leur remettra sous un point
de vue plus net, et plus précis, des scènes qu'à force de
les voir, ils n'apercevaient pour ainsi dire plus ; car les
objets que nous voyons tous les jours, ne sont pas ceux
que nous connaissons le mieux.

Si quelqu'un s'attendait à trouver dans cet ouvrage une description *topographique* des places et des rues, ou une histoire des faits antérieurs, il serait trompé dans son attente. Je me suis attaché au moral et à ses nuances fugitives. [...]

Je n'ai fait ni *inventaire*, ni *catalogue*; j'ai crayonné d'après mes vues; j'ai varié mon *Tableau* autant qu'il m'a été possible; je l'ai peint : sous plusieurs faces; et le voici, tracé tel qu'il est sorti de dessous ma plume, à mesure que mes yeux et mon entendement en ont rassemblé les parties.

Le lecteur rectifiera de lui-même ce que l'écrivain aura mal vu, ou ce qu'il aura mal peint; et la comparaison donnera peut-être au lecteur une envie secrète de revoir l'objet et de le comparer.

Il restera encore beaucoup plus de choses à dire que je n'en ai dites, et beaucoup plus d'observations à faire que je n'en ai faites; mais il n'y a qu'un fou et un méchant qui se permettent d'écrire tout ce qu'ils savent ou tout ce qu'ils ont appris.

Quand j'aurais les cent bouches, les cent langues et la voix de fer, dont parlent Homère et Virgile, on jugera qu'il m'eût été impossible d'exposer tous les contrastes de la grande ville; contrastes rendus plus saillants par le rapprochement. Quand on a dit, *c'est l'abrégé de l'univers*, on n'a rien dit; il faut le voir, le parcourir, examiner ce qu'il renferme, étudier l'esprit et la sottise de ses habitants, leur mollesse et leur invincible caquet; contempler enfin l'assemblage de toutes ces petites coutumes du jour ou de la veille, qui font des lois particulières, mais qui sont en perpétuelle contradiction avec les lois générales.

Supposez mille hommes faisant le même voyage si chacun était observateur, chacun écrirait un livre différent sur ce sujet, et il resterait encore des choses vraies et intéressantes à dire, pour celui qui viendrait après eux.

Tableau de Paris, 1781, Préface
© Mercure de France, 1994

NICOLAS RESTIF DE LA BRETONNE

Mercier décrivait le Paris du jour, quelques années plus tard Nicolas Restif de la Bretonne (1734-1806) veut peindre, lui, le Paris de la nuit, opposition constitutive dans la constellation mythique de la ville. Il est le Spectateur nocturne, le Hibou, celui qui voit ce que ne voient pas ceux qui dorment, Paris est aussi affaire de voyeur, on le sait.

Hibou ! combien de fois tes cris funèbres ne m'ont-ils pas fait tressaillir, dans l'ombre de la nuit ! Triste et solitaire, comme toi, j'errais seul, au milieu des ténèbres, dans cette capitale immense : la lueur des réverbères, tranchant avec les ombres, ne les détruit pas, elle les rend plus saillantes : c'est le clair-obscur des grands peintres ! J'errais seul, pour connaître l'homme... Que de choses à voir, lorsque tous les yeux sont fermés ! Citoyens paisibles ! j'ai veillé pour vous ; j'ai couru seul les nuits pour vous ! Pour vous, je suis entré dans les repaires du vice et du crime : mais je suis un traître pour le vice et pour le crime ; je vais vous vendre ses secrets... Pour vous, je l'ai guetté à toutes les heures de la nuit, et je ne l'ai quitté, que lorsque l'aurore le chassait, avec les ténèbres ses fauteurs... Ô jeune et tendre Beauté, qui dors tranquille sous la garde sacrée d'une mère vigilante, tu ne sauras jamais ce qu'endurent les infortunées de ton sexe, de ton âge, de ta beauté, de ton innocence !... Mais pourquoi ne le saurais-tu pas ? Je veux t'instruire : je veux que tu frissonnes, en t'applaudissant de ton bonheur !... Je veux vous épouvanter, jeunes filles des conditions communes, que guette le séducteur barbare !

Je veux vous montrer l'abîme et la sentine infecte du vice, couvert d'œillets et de roses... Jeune homme ! tu souffres impatiemment le joug ; imposé par un père sage : tu vois, ou plutôt tu crois voir un parc immense de plaisirs ! C'est un bosquet de douze pieds de profondeur, qui masque une voierie !... J'ai voulu tout voir pour toi : viens, lis, instruis-toi : je me suis sacrifié, à l'avantage de mes concitoyens : j'ai exposé ma santé, ma vie, mon honneur, ma vertu ; le fils du plus honnête et du plus vertueux des pères !... Mais je ne l'ai pas exposé en vain ; je te serai utile : tu verras, jeune homme, combien le mal est commun, combien le vice est laid, et combien on paye cher ses trompeuses douceurs !.. Pères, mères de famille ! préparez une couronne ! C'est pour vous, c'est pour vos enfants, que je me suis fait hibou ! Le froid, la neige, la pluie, rien ne m'arrêtait ; je voulais tout voir, et j'ai... presque tout vu : car, on ne saurait être partout... Que d'autres peignent ce qui arrive le jour ; moi, je vais crayonner les iniquités nocturnes... J'ai vu ce que personne que moi, n'a vu. Mon empire commence à la chute du jour, et finit au crépuscule du matin, lorsque l'aurore ouvre les barrières du jour.

Les nuits de Paris ou le Spectateur nocturne, 1788

CHARLES MONSELET

*En 1879, Charles Monselet veut s'attacher à peindre Paris,
c'est-à-dire l'écrire, s'inscrivant dans une lignée, une liste, s'y
ajoutant et cherchant naturellement à s'en distinguer.*

Il en est de Paris comme de l'Océan : les poètes et les
peintres en feront le sujet éternel de leurs toiles et de
leurs pages, de leurs croûtes et de leurs chefs-d'œuvre.
Paris est un *modèle* qui pose pour tout le monde. Les
uns le peignent en pied, les autres en buste ; ceux-là en
font une académie, ceux-ci une miniature ; il en est qui
le montrent de profil, de trois quarts ; j'en ai rencontré
qui se contentent d'un œil ou d'un pied. Je suis de ces
derniers-là.

Faisant petit, je tâche de faire vrai ; à cela près, cependant, je ne réponds pas des distractions de mon modèle.
Si mon modèle bâille ou grimace, s'il a des yeux rouges
ce jour-là, s'il ne se souvient plus aujourd'hui de la pose
d'hier, la faute n'en doit être imputée qu'à lui seul. Peut-
être adviendra-t-il, par suite, que le Paris de tel article
sera fort différent du Paris de tel autre. Pour cela, qu'on
n'aille pas crier à la contradiction, ou pire encore, au
paradoxe. – D'ailleurs, Paris m'a tout l'air lui-même
d'un paradoxe effréné.

Ceux qui m'ont précédé ont adopté, pour la plupart,
des formes convenues. Les timides, les ingénieux – et
quelquefois les philosophes, – se sont déguisés en Per-
sans, en Turcs, en Tartares, en Mogols, en Arméniens,
en Japonais, en Chinois et en Cochinchinois. Dans ce
cas, Paris s'appelait Ispahan, Bagdad, Constantinople.

Le XVIIIᵉ siècle s'est longtemps amusé de cette mascarade : le sévère Montesquieu et le turbulent Diderot se sont tour à tour affublés du turban et de la robe bariolée aux longues manches pendantes : « Que Mahomet te donne la prudence des lions et la force des serpents ! » ont-ils dit à M. Jourdain, le bourgeois de Paris.

Ensuite est arrivée la mode des Spectateurs, des Observateurs, des Ermites. Quelques écrivains privilégiés ont rencontré des fées, des génies, des ombres illustres, qui se sont fait un véritable plaisir de leur servir de cicérone et de leur fournir la clé, des charades de la rue et des logographes du salon. – De plus humbles s'en sont tenus à un petit vieillard ou à une petite vieille, centenaires pour l'habitude, à l'œil vif, à la voix cassée, au sourire malicieux, au nez barbouillé de tabac, portier ou marquise, gentilhomme ou femme de chambre, un débris du temps passé, qui, entre deux accès de toux, crachait une épigramme ou un portrait.

Je ne veux recourir à aucun de ces subterfuges et de ces pseudonymes. Il me plaît de voir avec mes yeux et non avec ceux des autres, et de demeurer seul responsable de mes impressions et de mes opinions.

Le Petit Paris. Tableaux
et figures de ce temps, 1879

GEORGES PEREC

Un siècle plus tard, Georges Perec (1936-1982) s'attaque à son tour à l'impossible exhaustivité d'une description de Paris : ce qu'il appelle une tentative d'épuisement qu'il conduit à partir du Tabac de la place Saint-Sulpice.

La date : 18 octobre 1974
L'heure : 10 h 30
Le lieu : Tabac Saint-Sulpice
Le temps : Froid sec. Ciel gris. Quelques éclaircies.
Esquisse d'un inventaire de quelques-unes des choses strictement visibles :
– Des lettres de l'alphabet, des mots : « KLM » (sur la pochette d'un promeneur), un « P » majuscule qui signifie « parking » ; « Hôtel Récamier », « St-Raphaël », « l'épargne à la dérive », « Taxis tête de station », « Rue du Vieux-Colombier », « Brasserie-bar La Fontaine Saint-Sulpice », « PELF », « Parc Saint-Sulpice ».
– Des symboles conventionnels : des flèches, sous le « P » des parkings, l'une légèrement pointée vers le sol, l'autre orientée en direction de la rue Bonaparte (côté Luxembourg), au moins quatre panneaux de sens interdit (un cinquième en reflet dans une des glaces du café).
– Des chiffres : 86 (au sommet d'un autobus de la ligne n° 86, surmontant l'indication du lieu où il se rend : Saint-Germain-des-Prés, 1 (plaque du n° 1 de la rue du Vieux-Colombier), 6 (sur la place indiquant que nous nous trouvons dans le 6ᵉ arrondissement de Paris).
– Des slogans fugitifs : « De l'autobus, je regarde Paris »

Tentative d'épuisement d'un lieu parisien
© Éditions Christian Bourgois, 1975

JULIEN GREEN

*Écrire sur Paris comme on flâne, dit Julien Green (1900-
1998), mais flânerie élective où l'on s'attarde autant que l'on
ignore. Et Paris dont la vie même fait douter le romancier.*

J'ai bien des fois rêvé d'écrire sur Paris un livre qui fût
comme une grande promenade sans but où l'on ne
trouve rien de ce qu'on cherche, mais bien des choses
qu'on ne cherchait pas. C'est même la seule façon dont
je me sente capable d'aborder un sujet qui me décourage autant qu'il m'attire. Et tout d'abord, il me semble
que je ne dirais mot des grands monuments et de tous
les endroits où l'on s'attendrait à une description en
règle. Pour les avoir trop regardées peut-être, je ne vois
plus les gloires architecturales de Paris avec toute la
liberté d'esprit nécessaire. Prévenu contre ou pour chacune d'elles, j'ai pris parti, je suis injuste. J'ai mille fois
souhaité la Tour Eiffel au fond de l'eau, il me plairait
d'apprendre que les deux Palais, grand et petit, qui
déshonorent le Cours La Reine ont disparu dans la nuit.
Mes préférences vont aux vieilles pierres, je ne le cache
pas, mais je pleurerais d'ennui s'il me fallait écrire une
page sur l'hôtel des Invalides, parce que l'aimant comme
je fais, je ne saurais vraiment qu'en dire. De même, je
resterais muet devant Notre-Dame, retenu de parler,
sans doute, par la honte de ce que je m'entendrais dire,
et j'admire sans l'envier le courage de ceux que leur suf-
fisance ou leur génie lance à l'assaut d'un tel monstre ;
pour ma part, j'aime mieux me taire, et Notre-Dame
demeure pour moi Notre-Dame, un point, c'est tout.

Paris © Eric Green

YANNICK HAENEL

Dans Évoluer parmi les avalanches, *le jeune romancier Yannick Haenel se livre à une variation sur le thème de Paris tissant sans relâche des mots et des phrases sur lui-même. Thème éternel et musical de Paris écrivant Paris.*

Vous y êtes.

Le toit d'émeraude de la Sainte-Chapelle, là-bas, vous appelle. La Seine remue, elle attend les phrases qui se tissent au cœur de la Dame à la licorne. Ces phrases tournoient au-dessus de Paris ; elles forment, de Cluny à la Seine, une couronne de roses, et vont fleurir la Seine de lumières nouvelles. Ce sont des secrets qui s'éparpillent en flammèches, comme autour du visage de Mara, la nuit.

Vos yeux se remplissent de l'eau du fleuve. Les fleurs s'ouvrent. Elles écrivent une coulée de phrases. On peut s'y baigner.

Tandis que ces phrases s'écrivent à présent au fil de l'eau, la Seine est parcourue d'un frémissement écumeux, où viennent glisser les nuances de cette aventure.

Les phrases arrivent depuis Cluny comme des flocons, elles se mêlent au vent léger qui remue la Seine, flottent dans la solitude du temps, et renaissent à travers de nouvelles phrases qui s'adressent, d'un siècle à l'autre, le même secret.

Évoluer parmi les avalanches
© Éditions Gallimard, 2003

Paris guide

KARL BAEDEKER

L'Allemand Karl Baedeker qui fit voyager toute l'Europe entame son guide par des remarques concrètes sur le temps et l'argent : quel est le meilleur moment pour séjourner à Paris et combien faut-il s'attendre à y dépenser. Ce point de vue pragmatique ne l'empêche pas de consacrer une centaine de pages sur les cinq cents que comporte le volume au musée du Louvre.

I. Saison et frais de voyage.

Saison. – Le printemps, du commencement d'avril à la fin de juin, est la meilleure époque pour un séjour à Paris. C'est la véritable saison. Après les courses de Longchamp (Grand-Prix de Paris, v. p. 41), le monde élégant part en villégiature et la ville perd son caractère habituel. Au cœur de l'été, la chaleur est souvent accablante. On y est alors privé de bien des distractions des autres saisons ; les grands théâtres, par ex., sont presque tous fermés. C'est tard en automne que Paris reprend son aspect mondain ; du reste, les mois de septembre et d'octobre y peuvent être charmants. L'hiver est sans doute rarement très froid à Paris, mais les jours trop courts ne permettent pas de bien mettre le temps à profit.

Frais de voyage. – Le voyageur sans prétentions pourra couvrir sa dépense journalière avec 15 à 20 fr. ; mais il est très facile de dépenser 50 fr. et beaucoup plus par jour.

Il est bon d'avoir toujours de la *petite monnaie,* les gens à pourboires ayant rarement de quoi rendre.

Monnaie. – Il circule à Paris quantité de monnaies

françaises et *étrangères* qui n'ont plus cours ou sur lesquelles on perd beaucoup au change. Ce sont les pièces françaises de 2 fr., 1 fr. et 50 c. antérieures à 1861, les monnaies suisses avec l'Helvetia assise et toutes les pièces italiennes et grecques inférieures à 5 fr. Les bonnes pièces françaises de cette valeur sont à l'effigie de Napoléon III, *avec* la couronne de lauriers, ou bien elles sont ornées de la tête de la République ou de la Semeuse de Roty (v. p. 309). Ont en outre cours : les monnaies d'or et d'argent de l'Union monétaire latine de 1865, dont font partie la *Belgique,* la *Suisse* (v. cependant ci-dessus), l'*Italie* et la *Grèce* (pour ces deux pays, seulement les pièces de 5 fr. ; v. ci-dessus). – Mais comme il existe encore d'autres pièces d'argent démonétisées, de Roumanie, d'Espagne, du pape, etc., il sera bon de prendre garde en recevant la monnaie de son argent. Quant à l'or, on accepte les pièces austro-hongroises de 8 florins (= 20 fr.), portant la désignation de leur valeur en francs, et aussi les pièces russes de 5 roubles. – Il existe depuis 1904 des pièces de 25 c. en nickel, les plus récentes à pans coupés. – Aucune pièce de billon étrangère n'a cours en France.

Les seuls billets en circulation sont ceux de la *Banque de France* (p. 86), de 50, 100, 500 et 1 000 fr. On changera le papier et l'or étrangers chez le banquier ou le changeur (v. p. 46).

Paris et ses environs. Manuel du voyageur, 1911

SONIA BERR

Pour un visiteur vraiment épris de la capitale, le Baedeker ne dit pas grand-chose du vrai Paris, il ne promène qu'à travers le convenable et le convenu. Pour vraiment connaître Paris, il faut s'émanciper des guides. C'est en tout cas le point de vue qu'exprime la Russe Sonia Berr dans son journal de voyage écrit et publié en français.

J'ai gagné Montmartre à pied. Il était midi. Et je pensais que Baedeker nous renseigne assez mal sur les vraies beautés de Paris. Il nous recommande la visite des Catacombes, de Carnavalet, du Louvre et du Père-Lachaise. Il nous parle des monuments célèbres qu'il faut voir ; il cite les théâtres où il faut être allé, et il ne dit rien du plaisir charmant de faire l'ascension de la rue Lepic par une jolie matinée de printemps ! [...] Je voudrais comprendre de quoi ce charme est fait, d'où vient la grâce de ce décor très vulgaire, et pourquoi ces petites montmartroises sans beauté donnent à mes yeux plus de joie que les femmes les plus jolies de n'importe où !

Journal d'une étrangère. Notes sur Paris, 1907
© DR

En 2003 encore, en ouverture, le Guide du routard *reprend les refrains sur l'éternité de Paris : « Paris sera toujours Paris ! », « Ça c'est Paris ! ».*

Mais Paris demeure un site d'exception. Un site qui, en des siècles et des siècles, en a vu de toutes les couleurs et qui, mauvaise humeur de notre part ou pas, en verra encore des vertes et des pas mûres dans les siècles à venir. C'est ce qu'on appelle l'Histoire. Mais peut-on comprendre Paris si l'on ignore son passé ? Sans ambages, notre réponse est non. Ce passé de Paris, l'idée qu'on en a, constituent pour l'essentiel le charme de notre ville maintenant. Lorsqu'on flâne dans Paris, l'imaginaire recouvre ce qu'on y voit. Telle est, soyez-en persuadé, la meilleure façon de découvrir la ville, de faire corps avec elle, de l'aimer. Sordides ou splendides, les quartiers parisiens sont enchanteurs et ne laissent jamais le badaud indifférent, ils permettent à la rêverie de démarrer, de s'amplifier.

C'est pourquoi Paris, en dépit des ravages et outrages qu'on lui a fait subir, est toujours une ville magique. Tout en n'étant plus Paris, le nouveau Paris, plus « bourgeois », est quand même toujours Paris... Ah ! que les mots sont pauvres pour traduire ces sensations secrètes, ces odeurs mystérieuses que dégage le pavé parisien !

Selon que vous serez, ici ou là dans Paris, disposé à ressentir la force incommensurable d'impressions, de sensations que peuvent vous apporter ses rêves en nombre infini, ses immeubles, ses bistrots, votre âme se colorera différemment...

Paris est un immense théâtre dont tous les Parisiens sont les acteurs. Le spectacle est dans la rue et s'il n'y est pas à l'instant, il suffit d'humer l'atmosphère, de fouiner à droite et à gauche pour le voir advenir et vous ravir... Ça, c'est Paris !

Le guide du routard. Paris
© Hachette, 2003

**Arriver à Paris, revenir à Paris,
dire adieu à Paris, quitter Paris**

JEAN-JACQUES ROUSSEAU

Jean-Jacques Rousseau fut déçu en arrivant à Paris, raconte-t-il trente-cinq ans après dans Les Confessions. *Sans doute parce que, comme il le dit, l'échauffement de son imagination à se figurer les choses ne peut que rendre la réalité décevante. Et il y a aussi la déception composée à l'image de l'opinion négative qu'il entend donner de Paris.*

Combien l'abord de Paris démentit l'idée que j'en avais! La décoration extérieure que j'avais vue à Turin, la beauté des rues, la symétrie et l'alignement des maisons me faisaient chercher à Paris autre chose encore. Je m'étais figuré une ville aussi belle que grande, de l'aspect le plus imposant, où l'on ne voyait que de superbes rues, des palais de marbre et d'or. En entrant par le faubourg Saint-Marceau, je ne vis que de petites rues sales et puantes, de vilaines maisons noires, l'air de la malpropreté, de la pauvreté, des mendiants, des charretiers, des ravaudeuses, des crieuses de tisanes et de vieux chapeaux. Tout cela me frappa d'abord à tel point, que tout ce que j'ai vu depuis à Paris de magnificence réelle n'a pu détruire cette première impression, et qu'il m'en est resté toujours un secret dégoût pour l'habitation de cette capitale. Je puis dire que tout le temps que j'y ai vécu dans la suite ne fut employé qu'à y chercher des ressources pour me mettre en état d'en vivre éloigné. Tel est le fruit d'une imagination trop active, qui exagère par-dessus l'exagération des hommes, et voit toujours plus que ce qu'on lui dit. On m'avait tant vanté Paris, que je me l'étais figuré comme

l'ancienne Babylone, dont je trouverais peut-être autant
à rabattre, si je l'avais vue, du portrait que je m'en suis
fait. La même chose m'arriva à l'Opéra, où je me pres-
sai d'aller le lendemain de mon arrivée ; la même chose
m'arriva dans la suite à Versailles ; dans la suite encore
en « voyant » la mer ; et la même chose m'arrivera toujours en voyant des spectacles qu'on m'aura trop
annoncés : car il est impossible aux hommes et difficile
à la nature elle-même de passer en richesse mon imagination.

Les Confessions, 1730-1731

HONORÉ DE BALZAC

Dans Illusions perdues, *au début de la seconde partie titrée « Un grand homme de province à Paris », Balzac décrit l'arrivée banale, médiocre de Lucien de Rubempré dans la capitale, scène annonciatrice de beaucoup d'illusions qui vont sombrer.*

Les voyageurs débarquèrent à l'hôtel du Gaillard-Bois, rue de l'Échelle, avant le jour. Les deux amants étaient si fatigués l'un et l'autre, qu'avant tout Louise voulut se coucher et se coucha, non sans avoir ordonné à Lucien de demander une chambre au-dessus de l'appartement qu'elle prit. Lucien dormit jusqu'à quatre heures du soir. Mme de Bargeton le fit éveiller pour dîner, il s'habilla précipitamment en apprenant l'heure, et trouva Louise dans une de ces ignobles chambres qui sont la honte de Paris, où, malgré tant de prétentions à l'élégance, il n'existe pas encore un seul hôtel où tout voyageur riche puisse retrouver son chez soi. Quoiqu'il eût sur les yeux ces nuages que laisse un brusque réveil, Lucien ne reconnut pas sa Louise dans cette chambre froide, sans soleil, à rideaux passés, dont le carreau frotté semblait misérable, où le meuble était usé, de mauvais goût, vieux ou d'occasion. Il est en effet certaines personnes qui n'ont plus ni le même aspect ni la même valeur, une fois séparées des figures, des choses, des lieux qui leur servent de cadre. Les physionomies vivantes ont une sorte d'atmosphère qui leur est propre, comme le clair-obscur des tableaux flamands est nécessaire à la vie des figures qu'y a placées le génie des peintres. Les gens de province sont presque tous ainsi. Puis Mme de Bargeton parut plus digne, plus pensive qu'elle ne devait l'être en un moment où commençait un bonheur sans entraves. Lucien ne pouvait se plaindre : Gentil et Albertine les servaient. Le dîner n'avait plus ce caractère d'abondance et d'essentielle bonté qui distingue la vie en province. Les plats coupés par la spéculation sortaient d'un restaurant voisin, ils étaient maigrement servis, ils sentaient la portion congrue. Paris n'est pas beau dans ces petites choses auxquelles sont condamnés les gens à fortune médiocre.

Illusions perdues, 1837

PAUL VERLAINE

La première impression de l'enfant Paul Verlaine arrivant à Paris en 1851 est, elle aussi, désastreuse dans son souvenir lorsqu'il rédige ses Confessions *en 1895.*

Quoi de plus à Metz ? Ma foi, plus grand-chose, en fin de compte. Mon père donna sa démission et en dépit d'une lettre très flatteuse du colonel Niel, la maintint, et, dès elle acceptée, le départ pour Paris de la famille fut décidé. Nous débarquâmes tous trois rue des Petites-Écuries, dans un appartement meublé pour y attendre l'expédition par le roulage du mobilier, assez considérable, laissé à Metz. Le trajet en fiacre, depuis la gare de l'Est, telle à peu près qu'elle est aujourd'hui ; en face, par exemple, au lieu de la longue et large perspective actuelle, une assez sordide vue de maisons lépreuses et d'abominables terrains vagues que continuait jusqu'à la Seine et au delà un dédale de rues étroites et terriblement encombrées me parut morose vraiment. Moi qui me figurais un Paris tout en or et en perles fines, qui m'en étais créé une Bagdad et un Visapour tels que ces cités mêmes n'ont jamais été, évidemment, car l'imagination des enfants est infinie quand elle s'y met et il y entre comme de la folie ! Et je voyais, moi sortant d'une ville froidement belle et d'une régularité frappante dans les parties que je pouvais en connaître, ce lacis de trop hautes maisons, aux lourds volets gris sales sur des façades de plâtre verni où la pluie avait dilué la poussière en taches verdâtres sur du jaune pisseux. Les vitres de l'étroit « sapin » malodorant de drap crasseux et de

foin moisi sonnaient brutalement et les roues sursau-
taient, sur ce pavé énorme irrégulier, habitué plutôt à
l'entassement pour les barricades de plusieurs émeutes
qu'au nivellement normal des Ponts et Chaussées. Déçu
cruellement, je me mis à pleurer, et comme on m'inter-
rogeait, n'étant plus aussi naïf, croyais-je, qu'auparavant, maintenant qu'il m'avait été affirmé que j'étais
dans l'âge de discrétion, comprenant littéralement le
mot et peut-être aussi par une ,pudeur (trouver Paris
laid, fi, monsieur, que c'est vilain de la part d'un grand
garçon !) je répondis que j'avais mal aux dents, – ce qui
peut-être se trouvait vrai, puisque j'avais sept ans, sept
ans passés, période où tombent les dents de lait et où en
poussent d'autres ! Mais la vérité, c'est que ma première
impression de Paris fut laideur, boue et jour sale, – et
l'odeur fade qui flotte en son atmosphère, pour des
narines habituées aux fortes et simples bises de l'Est lor-
rain et aux salubres courants d'air d'une ville en échi-
quier.

Confessions, 1895

JULES VALLÈS

L'arrivée à Paris est vécue par Jules Vallès comme une épreuve et une humiliation. Pauvre Robinson dont l'île déserte est une ville gigantesque et inhospitalière, jeté sur le pavé avec son encombrante malle qui le rattache de manière cuisante à son origine provinciale.

– Nous sommes arrivés.

Quel silence ! tout paraît pâle sous la lueur triste du matin et il y a la solitude des villages dans ce Paris qui dort. C'est mélancolique comme l'abandon : il fait le froid de l'aurore, et la dernière étoile clignote bêtement dans le bleu fade du ciel.

Je suis effrayé comme un Robinson débarqué sur un rivage abandonné, mais dans un pays sans arbres verts et sans fruits rouges. Les maisons sont hautes, mornes, et comme aveugles, avec leurs volets fermés, leurs rideaux baissés.

Les facteurs bousculent les malles. Voici la mienne.

« Vous êtes le voyageur à qui cette malle appartient ? fait un employé.

– Oui, monsieur.

– Voulez-vous la faire enlever ? Nous allons placer d'autres bagages dans le bureau. »

La prendre ! Je ne puis la mettre sur mon dos et la traîner à travers la ville… je tomberais au bout d'une heure. Oh ! il me vient des larmes de rage, et ma gorge me fait mal comme si un couteau ébréché fouillait dedans…

« Allons, la malle ! voyons ! »

C'est l'employé qui revient à la charge, poussant mon colis vers moi, d'un geste embêté et furieux.

[...]

Enfin, on a remisé la malle. – Je salue, tourne le bouton et m'en vais.

Me voilà dans Paris.

C'est ainsi que j'y entre.

Je débute bien ! Que sera ma vie commencée sous une pareille étoile ?

Je sors de la cour ; je vais devant moi... Des voitures de bouchers passent au galop ; les chevaux ont les naseaux comme du feu (on dit en province que c'est parce qu'on leur fait boire du sang) ; la ferblanterie des voitures de laitier bondit sur le pavé ; des ouvriers vont et viennent avec un morceau de pain et leurs outils roulés dans leur blouse ; quelques boutiques ouvrent l'œil, des sacristains paraissent sur les escaliers des églises, avec de grosses clefs à la main ; des redingotes se montrent.

Paris s'éveille.

Paris est éveillé.

J'ai attendu huit heures en traînant dans les rues.

Le Bachelier, 1885

ÉMILE GOUDEAU

L'arrivée à Paris du Gascon Émile Goudeau (1849-1906),
fondateur en 1878 du Club des Hydropathes, un des piliers
du cabaret du Chat Noir fondé par Rodolphe Salis est moins
malheureuse. Arriver à Paris, pour un jeune provincial qui
aspire à la bohème, c'est d'abord mettre ses pieds dans les
traces de ceux qui sont venus avant vous.

J'avais quitté la Gascogne ma mère – ou plutôt, ô
calembour ! mon père le Périgord – avec deux cents
francs en poche, plus un titre d'employé surnuméraire
au ministère des finances, et, dans le fond d'une malle,
un drame en vers, une comédie moderne et l'ébauche
d'un roman ; très timide de tempérament, très audacieux
de volonté, vous voyez le provincial que pouvait être,
vers 1874, votre très humble serviteur.

En bon lecteur de *la Vie de Bohème,* le néophyte
parisien s'installa dans le Quartier latin, comme le voulait la tradition ! C'était rue de l'Ancienne-Comédie, un
hôtel étroit de façade, haut de mansardes, vieux de partout. Déjà plusieurs camarades du lycée natal avaient
élu domicile en cette maison, dont la sénilité suintait
par tous ses pores de plâtres, à travers ses ais dès longtemps disjoints et craquelés. Sans doute, ce séjour avait
emmagasiné des pluies bi-séculaires, et la moisissure
des plus anciens régimes y florissait dès avant 89. Le
souvenir de ce perchoir vermoulu est intimement lié,
dans la mémoire des perroquets qui y dormirent, à une
indéfinissable senteur de champignons vagues et
d'invraisemblables truffes : champignons spectres !
truffes fantômes ! pourriture certaine ! Périgourdins que

nous étions, cela ne nous étonnait pas autrement : ainsi fleurent les bois de chez nous, durant les automnes mouillés.

Dix ans de bohème, 1888

ALPHONSE DAUDET

Alphonse Daudet, le Petit Chose, se remémorant son arrivée après un long et pénible voyage en chemin de fer depuis sa Provence natale, exprime ici sa terreur devant la monstruosité de Paris. Heureusement, le frère, l'aîné, est là pour faire le guide, le passeur sur ce territoire inconnu et effrayant.

Quel voyage! Rien qu'en y pensant trente ans après, je sens encore mes jambes serrées dans un carcan de glace et je suis pris de crampes d'estomac. Deux jours en wagon de troisième classe, sous un mince habillement d'été et par un froid! J'avais seize ans, je venais de loin, du fin fond du Languedoc où j'étais pion, pour me donner à la littérature. Ma place payée, il me restait en poche juste quarante sous; mais pourquoi m'en serais-je inquiété? j'étais si riche d'espérances! J'en oubliais d'avoir faim; malgré les séductions de la pâtisserie et des sandwichs qui s'étalaient aux buffets des gares, je ne voulais pas lâcher ma pièce blanche soigneusement cachée dans une de mes poches.

[...]

Un bruit de roues qui sonne sur des plaques de fonte, une gigantesque voûte de verre, inondée de lumière, des portes qui claquent, des chariots à bagages qui roulent, une foule inquiète, affairée, des employés de la douane, – Paris!

Mon frère m'attendait sur le perron. Garçon pratique malgré sa jeunesse, pénétré du sentiment de ses devoirs d'aîné, il s'était pourvu d'une charrette à bras, et d'un commissionnaire.

– Nous allons charger ton bagage.

Il était joli, le bagage ! Une pauvre petite mallette garnie de clous, avec des rapiéçures, et pesant plus que son contenu. Nous nous mîmes en route vers le quartier latin le long des quais déserts, par les rues endormies, marchant derrière notre charreton que poussait le commissionnaire. Il faisait à peine jour ; nous rencontrions seulement des ouvriers aux figures bleuies par le froid ou des porteurs de journaux en train de glisser adroitement sous les portes des maisons les feuilles du matin. Les becs de gaz s'éteignaient ; les rues, la Seine et ses ponts, tout m'apparaissait ténébreux à travers le brouillard matinal. Telle fut mon entrée dans Paris ; serré contre mon frère, le cœur angoissé, j'éprouvais une terreur involontaire.

Trente ans de Paris.
À travers ma vie et mes livres, 1888

ANNA MARIA ORTESE

Anna Maria Ortese (1914-1998). L'arrivée à Paris, dans les années cinquante, d'une Italienne qui voit, dans ce décor, se précipiter tous ses rêves.

Mais ce n'est pas un rêve d'aujourd'hui : c'est la somme de tous les rêves de notre enfance.

Paris ! Voilà Paris !

Longtemps je me rappellerai ce bout de trottoir du boulevard de Clichy, cette faible lumière d'été, comme d'un été remémoré ou décrit, non pas véritable, et les couleurs, le trafic, les devantures des cafés (cinquante *cafés* à peu près sur le seul boulevard de Clichy), et la verte procession des arbres, la troupe des nuages, desquels pleut sur toute chose, en même temps que les rayons du soleil, une musique de joie, de malaise, d'espérance confuse et obstinée. Couleurs, couleurs, couleurs. Foule, foule, foule. Mouvement, soleil, musique. Tous les ballons de vos Pâques, remplis de pure couleur, ont été pressés contre les murs ; toutes les petites voitures vertes et jaunes, et les diligences rouges de vos Épiphanies – enfermées dans un sac, pendant trente ou quarante ans – ont été éparpillées ce matin dans la ville ; toutes les petites vitrines, les petites tasses et les balances dorées de la maison de poupée, conservées jalousement par une fillette d'un autre temps, ont fait leur apparition sur ce trottoir. Il y a du bazar, du village, du temple aux souvenirs dans l'air ; une odeur de terroir, de fête, de mauvais coups. Vous vous rappelez, Dieu sait comment, les calendriers parfumés, aux jolies petites têtes blondorées, qu'on offrait à l'occasion de lointaines festivités ; et les jeunes Indiens avec plumes et massues dorées (sur des gravures lointaines elles aussi) ; et les cow-boys à cheval, et les tigres jaunes aux yeux resplendissants, qui vous ont souri un jour. Vous retrouvez toutes les lunes, les soleils, les arcs-en-ciel – les *symboles* et les objets réels –, l'irrationnel, et en même temps le prodige de l'ingénuité, toutes les merveilles de la sottise et de la joie, dont on vous a annoncé l'existence en ce monde, et que vous avez cherchées en vain, douloureusement : elles sont ici. De terrestre, et fuyants, ici, il n'y a que le ciel, les arbres, l'odeur du café, le faible soleil d'août sur la peau des bras : le reste est un paradis perdu.

Le murmure de Paris,
traduit de l'italien par Claude Schmitt
© 1001 Nuits, département
des éditions Fayard 1999,
pour la traduction française

BLAISE CENDRARS

Revenir à Paris après un voyage difficile et périlleux, c'est retrouver ce qu'on connaît et qu'on aime. Les impressions du périple palpitent encore et font un écho à la ville retrouvée.

Ô Paris
Grand foyer chaleureux avec les tisons entre-croisés de
    tes rues

et tes vieilles maisons qui se penchent au-dessus et se
    réchauffent
Comme des aïeules

Et voici les affiches, du rouge du vert multicolores
    comme mon passé bref du jaune
Jaune la fière couleur des romans de la France à
    l'étranger.
J'aime me frotter dans les grandes villes aux autobus
    en marche
Ceux de la ligne Saint-Germain-Montmartre
    m'emportent à l'assaut de la Butte
Les moteurs beuglent comme les taureaux d'or
Les vaches du crépuscule broutent le Sacré-Cœur
Ô Paris
Gare centrale débarcadère des volontés carrefour des
    inquiétudes
Seuls les marchands de couleur ont encore un peu de
    lumière sur leur porte
La Compagnie Internationale des Wagons-Lits et des
    Grands Express Européens
    m'a envoyé son prospectus

C'est la plus belle église du monde
J'ai des amis qui m'entourent comme des garde-fous
Ils ont peur quand je pars que je ne revienne plus
Toutes les femmes que j'ai rencontrées se dressent aux
   horizons
Avec les gestes piteux et les regards tristes des
   sémaphores sous la pluie
Bella, Agnès, Catherine et la mère de mon fils en Italie
Et celle, la mère de mon amour en Amérique
Il y a des cris de sirène qui me déchirent l'âme
Là-bas en Mandchourie un ventre tressaille encore
   comme dans un accouchement
Je voudrais
Je voudrais n'avoir jamais fait mes voyages
Ce soir un grand amour me tourmente

Et malgré moi je pense à la petite Jehanne de France.
C'est par un soir de tristesse que j'ai écrit ce poème en
   son honneur

Jeanne
La petite prostituée
Je suis triste je suis triste
J'irai au *Lapin agile* me ressouvenir de ma jeunesse
   perdue
Et boire des petits verres
Puis je rentrerai seul

Paris

Ville de la Tour unique du grand Gibet et de la Roue

Paris, 1913

La prose du Transsibérien et de la petite Jehanne de France,
© Éditions Denoël, 1947, 1963, 2001

Victoire, l'héroïne de Un an, *quitte Paris pour le Sud-Ouest en prenant un train à la gare Montparnasse. Après une absence d'une année, elle rentre en auto-stop et se retrouve à la gare Saint-Lazare.*

Pourtant, le soir même, par les voies secondaires elle rejoignit Bordeaux, là se posta près du péage de l'autoroute et dix heures plus tard elle était à Paris.

Un semi-remorque Scania pourpre l'ayant déposée à l'embranchement de l'autoroute de Metz, de là Victoire marcha jusqu'à la porte de Bercy puis suivit l'arc des Maréchaux vers le nord. Porte de Montreuil, elle prit à gauche dans la rue d'Avron vers la Nation d'où elle emprunta, toujours en direction du nord et dans l'axe du métro, l'allée centrale des boulevards qui se succèdent par le Père-Lachaise, Belleville puis Stalingrad.

Après La Chapelle occupée par des baraquements d'attractions foraines, Victoire suivit Rochechouart puis Clichy, sans quitter leur allée médiane qui est une jetée entre les flots adverses de véhicules. Cette jetée, meublée de bancs et d'arbres, est peuplée d'hommes oisifs, d'hommes âgés, d'hommes immigrés, d'hommes parfois les trois en même temps assis sur ces bancs, sous ces arbres, et qui regardent voleter à leurs pieds feuilles mortes et papiers froissés. Quand le boulevard des Batignolles surplombe les voies de la gare Saint-Lazare, une idée dut venir à Victoire ou se préciser dans son esprit car dès lors son pas se fit rapide et sûr. Elle prit encore à gauche dans la rue de Rome qu'elle descendit, coups d'œil aux violons dans les vitrines, jusqu'à la gare.

Sous des plafonds de bois peint, de croisillons métalliques et de verre armé, la salle des pas perdus de la gare Saint-Lazare est un long rectangle bardé sur ses longueurs de distributeurs automatiques de tickets. Ses largeurs sont occupées à l'ouest par le Snack Saint Lazare Brasserie, à l'est par un monument bidimensionnel et commémoratif des agents du réseau morts pour la France. Devant le snack, jouxtant une cage en verre contenant deux vigiles vêtus de plastique noir et porteurs d'appareils à leur ceinture, se trouve la salle de vente des billets grandes lignes dans laquelle Victoire entra.

Un an
© Éditions de Minuit, 1997

EUSTACHE DESCHAMPS

Eustache Deschamps (1346-1406 ou 1407), premier vrai poète de Paris, donne ici son expression à un thème qui va revenir souvent : le malheur de devoir quitter cette ville.

(Adieux à Paris.)
Adieu m'amour, adieu douces fillettes,
Adieu Grant Pont, hales, estuves, bains,
Adieu pourpoins, chauces, vestures nectes,
Adieu harnois tant clouez comme plains,
Adieu molz liz, broderie et beaus seins,
Adieu dances, adieu qui les hantez[1],
Adieu connins, perdriz que je reclaims,
Adieu Paris, adieu petiz pastez!

Adieu chapeaulx faiz de toutes flourettes,
Adieu bons vins, ypocras, doulz compains,
Adieu poisson de mer, d'eaues doucettes,
Adieu moustiers ou l'en voit les doulz sains
Dont pluseurs sont maintefoiz chapellains,
Adieu deduit et dames qui chantez!
En Languedoc m'en vois comme contrains :
Adieu Paris, adieu petiz pastez!

Adieu, je suis desor sur espurettes,
Car arrebours versera mes estrains;
Je pourray bien perdre mes amourettes,
S'amour change pour estre trop loingtains.

1. Chantez.

Crotez seray, dessirez et dessains ;
Car li pais est detruit et gastez.
Si diray lors pour reconfort au mains[1] :
Adieu Paris, adieu petiz pastez !

Autre Balade (Adieux à Paris)

1. Moins.

JEAN-JACQUES ROUSSEAU

Cette apostrophe clôt le livre IV de L'Émile *de Jean-Jacques Rousseau, publié en 1762. Après la déception de l'arrivée à Paris exprimée dans* Les Confessions, *l'adieu à Paris et, contenu dans l'adieu, le dégoût. Nausée du Paris matériel, fait de bruit, de fumée et de boue, nausée du Paris des humains, corrupteurs et corrompus, le physique et le moral ici superposés et confondus.*

Adieu donc Paris, ville célèbre, ville de bruit, de fumée et de boue, où les femmes ne croient plus à l'honneur ni les hommes à la vertu. Adieu, Paris ; nous cherchons l'amour, le bonheur, l'innocence ; nous ne serons jamais assez loin de toi.

L'Émile, 1762

HONORÉ DE BALZAC

Lucien de Rubempré était arrivé à Paris médiocrement; il est contraint d'en partir plus médiocrement encore. Ce départ sonne le glas de ses illusions et résonne comme le plus cuisant des échecs.

Lucien demeura seul jusqu'au coucher du soleil, sur cette colline d'où ses yeux embrassaient Paris. « Par qui serais-je aimé? se demanda-t-il. Mes vrais amis me méprisent. Quoi que j'eusse fait, tout de moi semblait noble et bien à celle qui est là! Je n'ai plus que ma sœur, David et ma mère! Que pensent-ils de moi, là-bas? »

Le pauvre grand homme de province revint rue de la Lune, où ses impressions furent si vives en revoyant l'appartement vide, qu'il alla se loger dans un méchant hôtel de la même rue. Les deux mille francs de Mlle des Touches payèrent toutes les dettes, mais en y ajoutant le produit du mobilier. Bérénice et Lucien eurent cent francs à eux qui les firent vivre pendant deux mois que Lucien passa dans un accablement maladif : il ne pouvait ni écrire, ni penser, il se laissait aller à la douleur, Bérénice eut pitié de lui.

« Si vous retournez dans votre pays, comment irez-vous ? répondit-elle à une exclamation de Lucien qui pensait à sa sœur, à sa mère et à David Séchard.

– À pied, dit-il.

– Encore faut-il pouvoir vivre et se coucher en route. Si vous faites douze lieues par jour, vous avez besoin d'au moins vingt francs.

– Je les aurai », dit-il.

Il prit ses habits et son beau linge, ne garda sur lui que le strict nécessaire, et alla chez Samanon qui lui offrit cinquante francs de toute sa défroque. Il supplia l'usurier de lui donner assez pour prendre la diligence, il ne put le fléchir. Dans sa rage, Lucien monta d'un pied chaud à Frascati, tenta la fortune et revint sans un liard. Quand il se trouva dans sa misérable chambre, rue de la Lune, il demanda le châle de Coralie à Bérénice. À quelques regards, la bonne fille comprit, d'après l'aveu que Lucien lui fit de la perte au jeu, quel était le dessein de ce pauvre poète au désespoir : il voulait se pendre.

« Êtes-vous fou, monsieur ? dit-elle. Allez vous promener et revenez à minuit, j'aurai gagné votre argent ; mais restez sur les boulevards, n'allez pas vers les quais. »

Lucien se promena sur les boulevards, hébété de douleur, regardant les équipages, les passants, se trouvant diminué, seul, dans cette foule qui tourbillonnait fouettée par les mille intérêts parisiens. En revoyant par la pensée les bords de sa Charente, il eut soif des joies de la famille, il eut alors un de ces éclairs de force qui trompent toutes ces natures à demi féminines, il ne voulut pas abandonner la partie avant d'avoir déchargé son cœur dans le cœur de David Séchard, et pris conseil des trois anges qui lui restaient. En flânant, il vit Bérénice endimanchée causant avec un homme, sur le boueux boulevard Bonne-Nouvelle, où elle stationnait au coin de la rue de la Lune.

« Que fais-tu ? dit Lucien épouvanté par les soupçons qu'il conçut à l'aspect de la Normande.

– Voilà vingt francs qui peuvent coûter cher, mais vous partirez », répondit-elle en coulant quatre pièces de cent sous dans la main du poète.

Bérénice se sauva sans que Lucien pût savoir par où elle avait passé ; car, il faut le dire à sa louange, cet argent lui brûlait la main et il voulait le rendre ; mais il fut forcé de le garder comme un dernier stigmate de la vie parisienne.

Illusions perdues, 1837

Les origines, les commencements, la fondation de Paris

JULES CÉSAR

César est le premier, dans La guerre des Gaules, *VII, 57, à mentionner l'existence de Lutèce, ville des Parisii ou Parisiens.*

Tandis que tout ceci se passait chez César, Labiénus, laissant les renforts, récemment arrivés d'Italie, à Agédincum pour y garder les bagages, s'était dirigé, à la tête de quatre légions, vers Lutèce, ville des Parisiens bâtie dans une île de la Seine. La nouvelle de son approche fit accourir de nombreux combattants des cités voisines. On confia le commandement suprême à l'Aulerque Camulogène qui, bien que très affaibli par l'âge, fut jugé digne de cet honneur à cause de sa connaissance exceptionnelle de l'art militaire.

Ayant repéré un marais continu qui affluait à la Seine et qui en rendait l'accès difficile de ce côté, Camulogène fixa son choix sur cette position et résolut de barrer là le passage aux nôtres.

La guerre des Gaules, *VII, 57
traduit par Gérard Walter,
In* Historiens romains, t. II, *« Bibliothèque de la Pléiade »
© Éditions Gallimard, 1968

EUGÈNE DE MÉNORVAL

Un an avant de faire conquérir Lutèce par son lieutenant Labiénus, César avait observé le site, le prédestinant ainsi à la grandeur qui l'attendait. À la fin du XIXᵉ siècle, Eugène de

*Ménorval imaginait la scène en s'inspirant visiblement (pro-
dige de la littérature!) de la fin du Père Goriot, quand Rastignac, des hauteurs du Père-Lachaise, lance son défi à Paris.
« À nous deux Lutèce! » paraît s'exclamer César.*

Il [César] s'arrêta sur les hauteurs de Ménilmontant.
Il contempla la petite ville qu'il avait choisie pour y
régler les destinées de la Gaule; sous le ciel d'un azur
pâle, il admira ce paysage, digne rival des plus beaux de
l'Italie; les bleus méandres de la Seine, les îles parsemées
çà et là, les forêts qui commençaient à verdir, et au delà
de la rivière, dans un léger brouillard, la plaine qui
s'étend du Mont Lucotitius à Meudon. Eut-il une vision
de l'avenir?... Il put remarquer l'activité de la batellerie
parisienne, l'importance stratégique de la place. Il n'en
conserva que trop le souvenir, puisque l'année suivante,
il chargea son lieutenant Labiénus de s'en rendre maître.

Paris depuis ses origines jusqu'à nos jours, 1889

HONORÉ DE BALZAC

Rastignac, resté seul, fit quelques pas vers le haut du
cimetière et vit Paris tortueusement couché le long des
deux rives de la Seine, où commençaient à briller les
lumières. Ses yeux s'attachèrent presque avidement
entre la colonne de la place Vendôme et le dôme des
Invalides, là où vivait ce beau monde dans lequel il avait
voulu pénétrer. Il lança sur cette ruche bourdonnante
un regard qui semblait par avance en pomper le miel, et
dit ces mots grandioses : « À nous deux maintenant! »

Le Père Goriot, 1835

RABELAIS

Rabelais, en humaniste ironique, se moque des attributions étymologiques glorieuses au nom de Lutèce ou de Paris encore discutées en son temps.

Quelques jours après qu'ils eurent repris leurs forces, il visita la ville et fut regardé par tout le monde avec une grande admiration, car le peuple de Paris est tellement sot, tellement badaud et stupide de nature, qu'un bateleur, un porteur de reliquailles, un mulet avec ses clochettes, un vielleux au milieu d'un carrefour, rassembleront plus de gens que ne le ferait un bon prédicateur évangélique.

Ils furent si fâcheux en le harcelant qu'il fut contraint de se réfugier sur les tours de l'église Notre-Dame. Installé à cet endroit et voyant tant de gens autour de lui, il dit d'une voix claire : « Je crois que ces maroufles veulent que je leur paye ici même ma bienvenue et mon étrenne. C'est juste. Je vais leur payer à boire, mais ce ne sera que *par ris*. »

Alors, en souriant, il détacha sa belle braguette et, tirant en l'air sa mentule, les compissa si roidement qu'il en noya deux cent soixante mille quatre cent dix-huit, sans compter les femmes et les petits enfants. Quelques-uns d'entre eux échappèrent à ce pissefort en prenant leurs jambes à leur cou et quand ils furent au plus haut du quartier de l'Université, suant, toussant, crachant et hors d'haleine, ils commencèrent à blasphémer et à jurer, les uns de colère, les autres *par ris* : « Carymary,

caramara ! Par sainte Mamie, nous voilà arrosés *par
ris* ! »

Depuis, la ville en fut appelée Paris ; on l'appelait
auparavant *Leukèce,* comme l'indique Strabon, au livre
IV, c'est-à-dire *Manchette,* en grec, à cause de la blan-
cheur des cuisses des dames du lieu. Et parce que, lors
de ce baptême nouveau, tous les assistants jurèrent par
les saints de leurs paroisses respectives, les Parisiens, qui
sont composés de toutes sortes de gens et de pièces rap-
portées, sont par nature bons jureurs et bons juristes,
quelque peu imbus d'eux-mêmes, ce qui donne à penser
à Joaninus de Barranco, au livre *De l'abondance des
marques de respect,* qu'on les appelle *Parrhésiens* en
grec, c'est-à-dire qui ont bon bec.

Gargantua, chapitre 17, 1535,
translation en français moderne par Guy Demerson
© Éditions du Seuil, coll. « Points », 1995

DOM MICHEL FÉLIBIEN

Dom Michel Félibien (1665-1719), bénédictin de Saint Maur, moine à l'abbaye de Saint-Denis, fut chargé par le prévôt des marchands et les échevins d'écrire l'histoire de Paris. Il commence en 1713 et meurt en 1719. L'ouvrage est continué et achevé par un autre moine, Dom Lobineau, et publié en cinq volumes, à partir de 1724. Félibien récuse les étymologies fabuleuses autour du nom, des noms de Paris et leur attribue une origine gauloise ou celtique bien plus ordinaire.

La ville de Paris a toujours passé pour l'une des plus anciennes des Gaules ; et c'est principalement à sa haute antiquité qu'on doit attribuer l'obscurité de son origine. Jules César est le premier auteur connu qui ait fait mention de cette ville. Il l'appelle en latin Lutetia, et après lui les plus anciens géographes grecs, Strabon et Ptolémée la nomment Loucototia et Loucotetia ; ce qui a donné lieu à diverses étymologies également fausses et fabuleuses. Les noms de Lutèce et de Paris ne sont originairement ni grecs ni latins ; ils sont gaulois ou celtiques, et nous en ignorons la véritable signification. Cette ville de Lutèce était la principale des peuples que César appelle Parisiens, car avant que les Gaules eussent été divisées en provinces elles étaient partagées en différents peuples et petits états, qui formaient autant de cités différentes.

Histoire de la ville de Paris, 1724

VICTOR HUGO

*Pour Hugo, l'histoire de Paris (faits établis et fables confon-
dus) est sans fond : on y tombe comme dans un puits.*

Paris est une sorte de puits perdu.

Son histoire, microcosme de l'histoire générale, épou-
vante par moments la réflexion.

Cette histoire est, plus qu'aucune autre, spécimen et
échantillon. Le fait local y a un sens universel. Cette histoire est, pas à pas, l'accentuation du progrès. Rien n'y
manque de ce qui est ailleurs. Elle résume en soulignant.
Tout s'y réfracte, mais tout s'y réfléchit. Tout s'y abrège
et s'y exagère en même temps. Pas d'étude plus poi-
gnante.

L'histoire de Paris, si on la déblaie, comme on
déblaiera Herculanum, vous force à recommencer sans
cesse le travail. Elle a des couches d'alluvion, des
alvéoles de syringe, des spirales de labyrinthe. Disséquer
cette ruine à fond semble impossible. Une cave nettoyée
met à jour une cave obstruée. Sous le rez-de-chaussée, il
y a une crypte, plus bas que la crypte une caverne, plus
avant que la caverne un sépulcre, au-dessous du
sépulcre le gouffre. Le gouffre, c'est l'inconnu celtique.
Fouiller tout est malaisé. Gilles Corrozet l'a essayé par
la légende ; Malingre et Pierre Bonfons par la tradition ;
Du Breul, Germain Brice, Sauval, Béquillet, Piganiol de
La Force par l'érudition ; Hurtaut et Marigny par la
méthode ; Jalliot par la critique ; Félibien, Lobineau et
Lebeuf par l'orthodoxie ; Dulaure par la philosophie ;
chacun y a cassé son outil.

Qui regarde au fond de Paris a le vertige. Rien de plus fantasque, rien de plus tragique, rien de plus superbe.

Préface à *Paris Guide par les principaux écrivains et artistes de la France*, 1867, publié à l'occasion de l'Exposition universelle

LÉON BLOY

Léon Bloy fait du discours sur l'origine, les commencements de Paris, un de ces lieux communs qu'il épingle.

PARIS N'A PAS ÉTÉ BÂTI EN UN JOUR

C'est possible. Je ne sais pas combien de jours il a fallu pour bâtir une si grande ville, mais j'estime fort probable qu'il en a fallu plusieurs. Au surplus, cela n'importe pas le moins du monde.

Ce qui a de l'importance pour l'étude morale et philosophique du Bourgeois, c'est son désir, continuellement exprimé, sous cette forme, que Paris n'ait pas été bâti en un jour. Il y a là quelque chose qui le ronge. On pourrait croire que rien ne lui est plus indifférent. Eh bien ! non. Si Paris avait été bâti en un seul jour, cet homme serait au désespoir. Il verrait là un attentat presque indicible au Terre à terre, au Petit à petit, à la Platitude ! ! ! une espèce de miracle, enfin !

La vérité, pourtant, doit être dite. Paris, tel qu'il est aujourd'hui, avec son million de maisons, évidemment n'a pu être bâti en vingt-quatre heures, surtout si on tient compte de la statue de Gambetta et du Pont Alexandre III qui sont de ces chefs-d'œuvre qu'on ne bâcle pas.

Mais ce Paris immense a eu un commencement. Il y a eu un moment où rien n'existait en ce point-là sur les deux rives de la Seine et il y a eu un autre moment consécutif au premier, où quelque chose exista, un toit de jonc, une cabane quelconque faite pour durer. À ce moment précis, on peut dire et on doit dire que Paris était virtuellement, potentiellement et, par conséquent, tout à fait bâti. J'ajoute qu'il devait être bien plus beau, incomparablement, incommensurablement, inimaginablement plus beau. Mais comment me faire comprendre ?

Exégèse des lieux communs, 1901

La destruction, la ruine, les ruines de Paris

LOUIS SÉBASTIEN MERCIER

Que deviendra Paris ? se demande Mercier. Il disparaîtra un jour comme les plus grandes cités de l'Antiquité dont le XVIIIᵉ siècle redécouvre les ruines. Ou bien, comme Lisbonne en 1755, sera-t-il accablé par une catastrophe naturelle ?

Échappez, mon livre, échappez aux flammes ou aux barbares ; dites aux générations futures ce que Paris a été ; dites que j'ai rempli mon devoir de citoyen, que je n'ai pas passé sous silence les poisons secrets qui donnent aux cités les agitations de la maladie, et bientôt les convulsions de la mort. Quand l'épouvantable opulence qui se concentre de plus en plus dans un plus petit nombre de mains aura donné à l'inégalité des fortunes une disproportion plus effrayante encore, alors ce grand corps ne pourra plus se soutenir : il s'affaissera sur lui-même et périra.

Il périra ! Dieu ! ah ! quand le sol couvrira insensiblement ses débris, que le blé croîtra au lieu élevé où j'écris, qu'il ne restera plus qu'une mémoire confuse du royaume et de la capitale ; l'instrument du cultivateur, en fendant la terre, viendra heurter peut-être la tête de la statue équestre de Louis XV ; les antiquaires assemblés feront des raisonnements à l'infini, comme nous en faisons aujourd'hui sur les débris de Palmyre.

Mais de quel étonnement ne sera pas frappée la génération d'alors, si la curiosité la porte à fouiller les débris de cette grande ville ensevelie et décédée ? Son squelette gigantesque épouvantera les regards ; les travaux exciteront à de nouveaux travaux : nos neveux, en trouvant nos marbres, nos bronzes, nos médailles, nos inscriptions, s'agiteront sur ce que nous avons été ; et si mon livre survit à la destruction, ils prendront peut-être pour un roman fantastique les vérités qui y sont déposées : tant leurs mœurs et leurs idées seront différentes des nôtres ! Ô villes anciennes de l'Asie, et qui n'êtes plus ! empires effacés ! générations dont les noms nous sont même inconnus ! fameux Atlantes ! et vous peuples qui avez respiré sur ce globe, dont la superficie est incessamment déplacée ; dites quels étaient vos arts ! Faut-il que tout périsse ? Et les travaux accumulés de l'homme, qu'il a cru immortaliser par la précieuse découverte de l'imprimerie, périront-ils à la fin, puisque le feu, le despotisme, les secousses du globe et la barbarie détruisent jusqu'aux feuilles légères où sont empreintes les pensées utiles du génie ?

[...]

Paris détruit ! Xerxès, après avoir attentivement considéré la prodigieuse armée qu'il commandait, versa des larmes en songeant qu'avant peu tant de milliers d'hommes disparaîtraient de dessus la terre. Et ne puis-je pas aussi, affecté du même sentiment, pleurer d'avance sur cette superbe ville ?

Tableau de Paris, livre IV, chap. CCCLV (355)
© Mercure de France, 1994

MAXIME DU CAMP

Lorsque Maxime Du Camp clôture sa somme sur la capitale, il ne peut s'empêcher d'évoquer l'idée d'une disparition de Paris comme tant de grandes villes avant lui. Mais si le corps de Paris peut mourir, son âme non, car elle est immortelle.

Quel que soit le sort qui attende Paris lorsque les âges lointains et mystérieux auront clos ses destinées, qu'il soit, comme le Thèbes aux cent portes, couché le long de son fleuve, jonchant la terre de ses immenses ossements ; qu'il soit comme Ninive, comme Babylone, une énigme archéologique proposée à la sagacité des savants futurs ; qu'il soit comme Athènes, un fantôme d'une grâce incomparablement touchante ; qu'il ait comme Rome des fortunes successives et adverses ; que comme Constantinople il voie dormir un peuple de barbares ignorants ; qu'il meure demain, qu'il meure dans vingt siècles ; qu'il s'éteigne de sa propre indolence, qu'il continue sa vie de crimes, de hauts faits, de vices et de vertus, qu'importe ! son âme est immortelle ; elle ne peut pas périr, car elle appartient à l'humanité.

*Paris, ses organes, ses fonctions
et sa vie dans la seconde moitié du XIXe siècle,
t. VI, 1875*

ALBERT ROBIDA

Paris passera, Paris est passé, comme toutes les constructions humaines. La ville est revenue en quelque sorte à son point initial, la Cité, la Seine, les ruines en plus. Albert Robida (1848-1926), à la fin de L'Île de Lutèce, *s'abandonne à l'exercice d'une « Prière devant la cathédrale », c'est-à-dire Notre-Dame, inspirée de la* Prière devant l'Acropole *d'Ernest Renan.*

Anticipations. Peut-être un jour, des siècles nombreux ayant coulé, des ouragans de peuples ayant passé, cyclones destructeurs, ou simplement le souffle d'idées desséchantes comme des simouns, la pauvre vieille cité que nous trouvons trop rajeunie, trop reconstruite, se trouvera de nouveau vieillie, de nouveau ridée, ou plus que ridée, éventrée, effondrée, démolie, et pour tout de bon supprimée.

Pour célébrer la pacification du globe, des hordes l'auront rasée, ou bien Paris, continuant sa marche vers l'Ouest, sera déjà presque arrivé au Havre, il aura en route oublié son noyau primitif et laissé le vieux navire symbolique à son antique ancrage.

Des tas de décombres ont agrandi l'île, formé des plages et construit des monticules sur lesquels de grands arbres balancent dans la brise leur panache de feuillage ; une folle végétation court dans les bas-fonds, fleurit les ravins bosselés de débris, au fond desquels s'ouvrent comme des antres des trous noirs, sous de vagues arcades ogivales demi-ensevelies, promesses de joies intenses pour les archéologues futurs. Des chèvres gambadent irrespectueusement sur des morceaux de sculpture tombés de monuments inconnus, sur des chapiteaux ou des fragments de balustrades.

La Cité est redevenue pittoresque comme en sa prime jeunesse. La Seine enserre amoureusement son vieux Paris, il ne reste pas grand'chose de ces quais sévères et rectilignes, orgueil des ingénieurs des ponts et chaussées; elle est redevenue claire et propre, il y a même des roseaux que le flot balance et des martins-pêcheurs qui filent dans les oseraies.

L'île de Lutèce, 1905

MARCEL PROUST

Se promenant avec le baron de Charlus sur les boulevards, le
narrateur écoute celui-ci se livrer à une méditation sur le sort
des grandes cités disparues qui pourrait bien être celui de
Paris.

Paris, lui, ne fut pas comme Herculanum fondé par
Hercule. Mais que de ressemblances s'imposent ! Et
cette lucidité qui nous est donnée n'est pas que de notre
époque, chacune l'a possédée. Si je pense que nous pou-
vons avoir demain le sort des villes du Vésuve, celles-ci
sentaient qu'elles étaient menacées du sort des villes
maudites de la Bible. On a retrouvé sur les murs d'une
maison de Pompéi cette inscription révélatrice :
Sodoma, Gomora.

À la recherche du temps perdu.
Le temps retrouvé, 1927

ERNEST CŒURDEROY

Ernest Cœurderoy (1825-1862), médecin, révolutionnaire de 1848, exilé à Bruxelles, Londres, Madrid, Genève où il finit par se tuer en s'ouvrant les veines en 1862, prophétise la ruine du Paris impérial, envahi par les Cosaques descendus du Nord, seuls capables, par la Révolution, de régénérer la société en y transfusant un sang nouveau.

Je vois l'armée du Nord entrant à Paris avec tous ses canons en avant, enseignes déployées, lances au poing, innombrable, orgueilleuse, encore tachée de sang. Sur toute sa route elle n'a pas éprouvé de résistance ; devant elle les paysans ont fui comme des troupeaux, laissant leurs maisons ouvertes et leurs greniers pleins.

Je vois, dans les quartiers opulents, les rues encombrées de foule, les balcons couverts de spectateurs. Les grandes dames agitent des écharpes brillantes ; elles envoient des baisers aux officiers ennemis. Les marchands étalent aux devantures de leurs boutiques tout ce qu'ils ont de plus précieux. Il y a des tentures aux portes et des fleurs dans les cheveux. Les princes de la Bourse se félicitent du retour de la confiance ; les académiciens et les poètes célèbrent la gloire du Tzar ; toutes les maisons sont illuminées, tous les Français se précipitent dans les théâtres pour contempler l'auguste dominateur des peuples. La femme du monde, délicate et frêle, la femme de Paris, n'a plus de caprice que pour le Cosaque du Don, à la peau suiffée. – Tout s'achète, surtout les caprices des femmes.

Hurrah !!! ou la révolution par les Cosaques, 1854

GUSTAVE FLAUBERT

La vue des ruines n'est rien auprès de l'immense bêtise parisienne.

Lettre à Georges Sand du 10 juin 1871

J'ai passé, dans Paris, toute la semaine dernière. Il y a quelque chose de plus lamentable que ses ruines, c'est l'état *mental* de ses habitants. On navigue entre le crétinisme et la folie furieuse. Je n'exagère nullement.

Lettre à Tourgueniev du 17 juin 1871

Il y a quinze jours, j'ai passé une semaine à Paris et j'y ai « visité les ruines » ; mais les ruines ne sont rien auprès de la fantastique bêtise des Parisiens. Elle est si inconcevable qu'on est tenté d'admirer la Commune.

Lettre à Ernest Feydeau du 29 juin 1871

Correspondance, Pléiade, t. IV

ÉLÉMIR BOURGES

*Élémir Bourges (1852-1925) décrit les incendies de Paris en
1871 comme le ferait un peintre.*

Le ciel avait un aspect terrible. Des fumées, emportées
par le vent, s'y suivaient, en troupeaux de monstres
embrasés, tandis que les pointes des flammes s'élan-
çaient impétueusement dans l'air frémissant. L'incendie,
au cœur de Paris, se roulait, en enserrant la ville, ainsi
qu'une torche liée à une roue tourne avec elle. Le Palais-
Royal flamboyait ; les Tuileries, éventrées, vomissaient
une éruption éblouissante ; la rue Royale illuminait tout
l'occident. Mais sur la rive gauche du fleuve, le quai
d'Orsay, la rue de Lille, le palais de la Légion d'honneur
ondoyaient en nappes vermeilles, cependant qu'à l'est,
l'Hôtel de Ville brûlait d'un bloc, massivement. Tout
l'horizon bouillonnait de fournaises, d'explosions, de
rauques grondements ; Paris semblait flotter sur une mer
de lave. Çà et là, le réseau des rues creusait, parmi la
nappe écarlate, de profonds ravins de ténèbres. On
apercevait comme proches des points lointains, l'angle
d'un mur, une fenêtre, des cimes d'arbres, un tuyau
bizarre, sur un toit. Certains endroits paraissaient tout
blancs ; on eût dit que d'autres ondulaient, sous la rou-
geur incandescente. D'énormes volutes enflammées bondissaient comme un globe qui crève ; des cornes de feu
tout imprégnées d'essence ou d'huiles de peinture fon-
daient en de grandes stries vertes, orange, violettes ou
d'un bleu de soufre. Alors, dans le brasier colossal,
volaient des millions de flammèches ; une poussière

dévorante de taches rouges et de braises ensemençait le firmament ; de la cendre ardente pleuvait ; les torsions du feu irrité devenaient frénétiques ; l'air faisait une clameur de tempête.

Les oiseaux s'envolent et les fleurs tombent, 1893

JORIS-KARL HUYSMANS

Joris-Karl Huysmans (1848-1907) admire en esthète raffiné les fantaisies de la nature qui a reconquis et transformé la ruine, vingt ans après la Commune. Et cela lui permet de régler une fois de plus un compte avec les architectes et les maçons du Paris moderne. Il faut brûler, cuire leurs œuvres pour les rendre supportables à l'œil.

Puis une miniature de forêt vierge pousse sous les voûtes de ces ruines ; des arbres s'élèvent de toutes parts ; partout des arbustes ont descellé les dalles et des saxifrages ont brisé le marbre des terrasses ; partout des mousses vertes appuient le ton rose incrusté par le pétrole sur l'épiderme de certaines pierres, partout des jardins suspendus se balancent au-dessus des arbres, des jardins apportés par des bourrasques, des parterres minuscules, des allées frayées par les moineaux qui s'y battent, des petits champs en friche sur des pans de murs, des bois de platanes nains, des corbeilles de fleurs sauvages, aux germes semés par un coup de vent !

Encore dix années et, avec l'aide d'un respectueux décorateur, l'on obtiendrait un fragment de Palmyre ou de Sardes, un tronçon de cité morte, un segment d'une Rome nabote, mangée de verdures et de fleurs.

À l'heure actuelle, et sans que le décor planté par le Temps soit parachevé, ce monument est le seul dans lequel la fantaisie du sol, si constamment réprimée par la voirie parisienne, existe. Ne serait-ce que pour ce motif, l'on devrait le garder ; – puis quel enseignement cette ruine nous révèle !

Pour embellir cet affreux Paris que nous devons à la misérable munificence des maçons modernes, ne pourrait-on – toutes précautions prises pour la sûreté des personnes – semer çà et là quelques ruines, brûler la Bourse, la Madeleine, le Ministère de la Guerre, l'église Saint-Xavier, l'Opéra et l'Odéon, tous le dessus du panier d'un art infâme ! L'on s'apercevrait peut-être alors que le Feu est l'essentiel artiste de notre temps et que, si pitoyable quand elle est crue, l'architecture du siècle devient imposante, presque superbe, lorsqu'elle est cuite.

Certains, 1894

BRUNO JASIENSKI

L'écrivain révolutionnaire polonais Bruno Jasienski (1901-1938), fusillé en 1938 au cours des purges staliniennes, publie en français ce récit d'anticipation où il décrit la destruction apocalyptique de Paris, le Dieu vengeur s'appelant ici Révolution. Et sur le Paris brûlé de la richesse s'élèvent des champs de blé.

Passé l'Arc de Triomphe, l'aviateur survola l'avenue des Champs-Élysées. Ce qu'il y vit dépassait toutes les limites du vraisemblable.

Là où auparavant s'étendait la nappe lisse de l'asphalte, de la Chambre des députés à la Madeleine, et des Champs-Élysées aux Tuileries, au souffle léger de la brise, se balançaient les épis d'un champ de blé. Des hommes, aux larges épaules, hâlés, vêtus de blanc, moissonnaient. Des hommes et des femmes, aussi légèrement vêtus, glanaient et chargeaient des camions de gerbes d'or. À l'extrémité du champ, des femmes allaitaient des enfants.

En apercevant l'aéroplane, les glaneurs abandonnèrent leur travail, le suivant des yeux et ne cachant pas des gestes d'animosité.

Aux Tuileries, un parterre fleuri d'enfants en bérets rouges rougeoyait comme un champ de coquelicots.

Là où auparavant s'étendait le Luxembourg, des carrés de choux-fleurs blanchissaient au soleil, et un jardin potager immense étalait ses quadrilatères.

L'aviateur fut stupéfait à tel point par ce spectacle

que, renonçant à explorer le reste de la ville, il s'envola brusquement pour faire part au plus tôt de sa découverte.

Je brûle Paris, 1929

RENÉ BARJAVEL

En 1943, René Barjavel imagine un incendie général de Paris avancé en l'an 2000. Paris incendié pour être purifié afin que renaisse une société adossée aux valeurs de la terre et de la communauté.

Sur la berge sud de la Seine, grouillait une foule énorme. La moitié de Paris regardait brûler l'autre moitié. Les sauveteurs, l'après-midi, avaient poussé au fleuve une partie des voitures arrêtées sur les ponts, pour rompre les files le long desquelles courait le feu. Le vent aidant, l'incendie semblait devoir épargner la rive gauche. Mais de l'autre côté, rien ne l'arrêtait. Les flammes se roulaient sur la ville comme des chattes, se couchaient sur les pâtés de maisons, jouaient, ronronnaient, faisaient le gros dos, puis, tout à coup furieuses, poil hérissé et toutes griffes dehors, bondissaient, crachantes, jusqu'au plafond des ténèbres.

Il n'était guère, dans la foule, d'homme ou de femme qui n'eût une affection ou un intérêt dans la fournaise. Il n'était pas un Parisien, même clochard, qui ne se sentît étreint de douleur à voir brûler sa ville et ses trésors.

Mais le sentiment qui, plus fort que la douleur et la pitié, animait ce peuple était malgré tout la curiosité. Puisqu'on ne pouvait rien faire d'autre que de regarder, on en prenait plein les yeux.

Dans le mur roulant de feu, le vent fonçait tête basse et creusait parfois d'énormes trous à travers lesquels on apercevait, toujours plus loin, d'autres flammes. Une mer incandescente battait la Ville d'Or. Les flammes avaient léché, mordu sa fière masse. La foule l'avait vue peu à peu devenir rouge, blanche, se déformer, s'affaisser, crouler en pans gigantesques, le verre de ses murs de façade se gonfler et couler en gouttes lentes, colossales.

Les oreilles s'étaient habituées au bruit, crépitement ininterrompu, roulement de grêle énorme qu'elles entendaient à peine tant il était plein, sans fissure. De temps en temps, un dépôt de carburant sautait, un pâté de maisons s'écroulait, sans faire plus de bruit qu'une falaise qui tombe à la mer pendant la tempête. Des équipes d'illuminés, qui criaient à la fin du monde, sonnaient le bourdon de Notre-Dame. Et sa voix de désespoir, monotone, ajoutait une note humaine, tragique, à ce grondement de colère de Dieu.

Ravage
© Éditions Denoël, 1943

LOUIS-FERDINAND CÉLINE

Louis-Ferdinand Céline (1894-1961) décrit un bombarde-ment sur Paris auquel il assiste depuis Montmartre, en 1944. Le livre est dédié à Pline l'Ancien qui observa l'éruption du Vésuve anéantissant Pompéi, façon pour l'auteur du Voyage *de rapprocher les deux villes et les deux événements.*

Le Ciel crève à gauche, là juste !... *brrrac* ! *au* sud ! Drancy par conséquent ! Drancy ! Drancy qui écope ! une cataracte d'or d'en haut... un fleuve des nuages... jaune... et puis vert... c'est pas commun comme masse de feu ce qui cascade, rejaillit, inonde... je vous en ai raconté pourtant... mais là vraiment c'est le ciel entier qu'on dirait qui fond... et puis d'en bas on voit des rues qui s'élèvent... s'enlèvent... montent en serpents de flammes... tourbillonnent... tordent d'un nuage à l'autre... une église entière qui part, se renverse, tout son clocher pointu, brûlant, en espèce de pouce !... c'est extraordinaire ! renversé sur nous !... église d'Auteuil... je vous l'ai raconté !... à l'envers... mais elle, pas si flam-bante tout de même... plutôt en reflets... ah vous voyez c'est pas semblable... vogue !... s'envole... c'est que je suis pas artiste peintre, je vous rends mal l'effet... les effets ! je suis insuffisant pour déluges ! faudrait du genre pictoral... j'ai que du petit don de chroniqueur... oh, mais le Jules, lui, je le gafe, l'artiste ! plus qu'artiste ! je le quitte pas de l'œil ! qu'il houle ! déroule ! il me trom-pera pas !

*Féerie pour une autre fois II (*Normance, 1954)
© Éditions Gallimard, 1954

SUPRÊME NTM

*À la fin du XXᵉ siècle, le groupe de rap Suprême NTM appelle
au bombage, au bombardement de Paris. Paris bombé, Paris
bombardé par la banlieue?*

PARIS SOUS LES BOMBES

Il fut une époque à graver dans les annales
Comme les temps forts du Hip Hop sur Paname
S'était alors abreuvé de sensations fortes
Au-delà de toutes descriptions
Quand cela te porte
Paris sous les bombes
C'était Paris sous les bombes
Le mieux c'était d'y être
Pour mesurer l'hécatombe
Une multitude d'impacts
Paris allait prendre une réelle claque
Un beau matin à son réveil
Par une excentricité qui l'amusait la veille
C'était l'épopée graffiti qui imposait son règne
Paris était recouvert avant qu'on ne comprenne

Refrain

Paris sous les bombes
C'était Paris sous les bombes
Où sont mes bombes, où sont mes bombes
Avec lesquelles j'exerçais dans l'ombre
Quand nos nuits étaient longues

Et de plus en plus fécondes
Ouais ! on était stimulés par la pénombre
Prêts pour lâcher les bombes
Prêts pour la couleur en trombe
Certains étaient là pour exprimer un cri
D'autres comme moi, juste par appétit
Tout foncedé, chaque soir Paris nous était livré
Sans condition, c'était à prendre ou à laisser
Quel est le gamin, à l'âge que j'avais
Qui n'aurait pas envié l'étendue que couvraient
Nos aires de jeux à l'époque
Quand il fallait qu'on se frotte aussi avec les keufs
Mais ce sont d'autres histoires en bloc
Je crois pouvoir dire qu'on a œuvré pour le Hip Hop
Désolé si de nos jours, y'en a encore que cela choque

Refrain

Pour Mad, TCG, big-up !
Pour les funky COP big-up !
Pour les 93 big-up !
Big-up ; big-up ! Aux autres on a roulé au Top
J'entends encore d'ici les murmures
Le bruit des pierres sur les rails qui rythmaient l'allure
J'ai kiffé chacune de nos virées nocturnes
J'ai kiffé ces moments qui nous nouaient les burnes
C'était nos films à nous
C'était aussi une façon pour nous
D'esquiver la monotonie du quartier
Où l'odeur de la cité finit par te rendre fou
Alors on allait s'évader en bande
Fallait que l'on descende dans les hangars

Prendre de l'avance sur la COMATEC
Ainsi que sur les autres crews afin de faire le break

Refrain

Album *Paris sous les bombes*
EMI Publishing

ÉLÉMENTS DE BIBLIOGRAPHIE

BANCQUART, Marie-Claire. *Paris « Belle Époque » par ses écrivains*. Paris, Adam Biro, Paris-Musées, 1997.

BENJAMIN, Walter. *Charles Baudelaire un poète lyrique à l'apogée du capitalisme* (1938). Paris, Petite Bibliothèque Payot, 1982.

– « Paris, capitale du XIXᵉ siècle » (1939), in : *Écrits français*. Paris, Gallimard, 1991.

BERNARD, Jean-Pierre Arthur, *Paris Rouge 1944-1964. Les communistes français dans la capitale*. Seyssel, Champ Vallon, 1991.

– *Les deux Paris. Les représentations de Paris dans la seconde moitié du XIXᵉ siècle*. Seyssel, Champ Vallon, 2001.

CHEVALIER, Louis. *Les Parisiens*. Paris, Hachette, 1967.

– *L'assassinat de Paris*. Paris, Éditions Ivréa, 1997, 1ʳᵉ édition 1977.

CITRON, Pierre. *La Poésie de Paris dans la littérature française de Rousseau à Baudelaire*. Paris, Minuit, 1961, 2 vol.

DE DECKER, Sylviane (sous la direction de). *Paris capitale de la photographie*. Paris, Hazan, 1998.

DELATTRE, Simone. *Les douze heures noires. La nuit à Paris au XIXᵉ siècle*. Paris, Albin Michel, 2000.

FIERRO, Alfred. *Histoire et dictionnaire de Paris*. Paris, Laffont, Bouquins, 1996.

MARCHAND, Bernard. *Paris, Histoire d'une ville XIXᵉ-XXᵉ siècle*. Paris, Points-Seuil, 1993.

PINON, Pierre. *Paris, biographie d'une capitale*. Paris, Hazan, 1999.

PROCHASSON, Christophe. *Paris 1900. Essai d'histoire culturelle*. Paris, Calmann-Lévy, 1999.

RUSTENHOLZ, Alain. *Paris ouvrier. Des sublimes aux camarades*. Paris, Parigramme/Compagnie parisienne du livre, 2003.

STIERLE, Karlheinz. *La capitale des signes. Paris et son discours*. Paris, Éditions de la MSH, 2001.

« Le goût de… »

Le goût d'Alexandrie
Le goût d'Amsterdam
Le goût d'Antibes
Le goût d'Athènes
Le goût de Barcelone
Le goût de Beyrouth
Le goût de Bruxelles
Le goût de Capri et autres îles italiennes
Le goût de Cuba
Le goût de l'Engadine
Le goût de Florence
Le goût de Jérusalem
Le goût d'Istanbul
Le goût de Lisbonne
Le goût de Londres
Le goût de Lyon
Le goût de Moscou
Le goût de Naples
Le goût du Népal
Le goût de Palerme
Le goût de Pékin
Le goût de Prague
Le goût de Rio
Le goût de Séville
Le goût de Tanger
Le goût de Trieste
Le goût de Venise
Le goût de Vienne

Réalisation Pao : Dominique Guillaumin

Achevé d'imprimer
sur les presses de l'imprimerie Hérissey
en octobre 2004.
Imprimé en France.

Dépôt légal : octobre 2004
N° d'imprimeur : 97894